SU Tong

Visages fardés

Roman traduit du chinois
par Denis Bénéjam

Éditions
Philippe Picquier

Titre original : *Hongfen* et *Funushenghuo*

Mas de Vert
B.P. 150
13631 Arles cedex

En couverture : © Ocean Film Co.

Conception graphique : Picquier & Protière

ISBN : 2-87730-639-9
ISSN : 1251-6007

Préface

Les dessous féminins

Depuis 1989, un jeune homme du Sud de la Chine écrit au sujet des femmes et est devenu un écrivain à succès de sa génération. Il s'agit de Su Tong dont l'œuvre *Epouses et concubines*, adaptée par Zhang Yimou, a commencé à faire la fortune. Dans ce recueil-ci, les deux nouvelles de Su Tong qui sont présentées traitent également d'épouses et de concubines, mais aussi de prostituées et d'ouvrières.

L'intérêt de *La Vie des femmes* et de *Visages fardés* est leur quasi-contemporanéité. Le gros de ces récits a lieu dans la Chine nouvelle, après 1949. Des femmes seules, abandonnées, aux enfants naturels ou aux métiers dorénavant interdits, se retrouvent dans un pays communiste et puritain où les vieilles mœurs décadentes d'une Chine occidentalisée et fumeuse d'opium ne peuvent plus avoir cours.

Su Tong réjouit le public de l'ère de la réforme parce que ses récits de femmes sont des témoignages fictifs de la perpétuation, dans la Chine de Mao, de la vieille Chine dans ce qu'elle a de plus irrésistiblement défendu : la sexualité hors des normes et, qui plus est, la sexualité de femmes loin d'être de bonnes épouses et mères de famille sans histoire.

Leurs histoires ne devraient pas avoir lieu dans la Chine nouvelle. Les deux prostituées de *Visages fardés*, Xiao'e et Qiuyi, une fois rééduquées, devraient rentrer dans le droit chemin, travailler et vivre sans l'emprise de la sexualité, en tant qu'ouvrières et ménagères. Mais cette vie ne leur convient pas. Pour Qiuyi, mieux vaut la vie de monastère, puis le mariage avec un petit entrepreneur, nain et bossu ; pour Xiao'e, mieux vaut le mariage avec un ancien client, puis le remariage avec un aventurier du Nord. La construction de la Chine nouvelle se fera sans elles.

Les trois générations de femmes qui s'enchaînent dans *La Vie des femmes*, Xian, Zhi et Xiao, ne participeront pas non plus de façon soutenue à l'édification de la nation. C'est qu'elles se disent toutes mal loties, ou comme l'exprime superstitieusement l'une d'entre elles, elles sont « née(s) sous une mauvaise étoile ». Xian se retrouve, un enfant naturel sur les bras, abandonnée par un gros patron du cinéma ; son rejeton, Zhi, également dotée d'un enfant, mais cette fois adoptif, perd la raison et survit à un mari incestueux ; Xiao, cette enfant adoptée et agressée sexuellement par le paternel, finit seule, divorcée et avec, comme sa mère et sa grand-mère, encore une petite fille nouvellement née à élever avec son maigre salaire de vendeuse de charcuterie.

Que se passe-t-il dans la tête de toutes ces héroïnes de Su Tong ? La sexualité, leur sexualité forte, semble dessiner leurs vies. Alors que Mao affirmait l'égalité des sexes, voire l'indifférenciation sexuelle, ces femmes complotent pour gagner une place dans la vie des hommes, pour vivre par les hommes.

Si Su Tong n'était pas chinois, si l'arrière-plan n'était pas celui de la Chine maoïste unisexe, à la sexualité balisée, ces récits tomberaient peut-être dans le genre de la littérature de gare qui, dit-on, fait pleurer les femmes. Mais, en l'occurrence, traiter de la sexualité déviante – des dessous féminins – devient politique, par-dessus tout. Les femmes de ces récits vivent d'après le *diktat* du sexe. Certaines en sortent perdantes, d'autres – comme la fière Qiuyi – victorieuses, mais toutes en marge du politique. Leurs histoires sont cousues de bas de nylon troués, de gros bijoux dorés, de photos de midinettes, de soutiens-gorge mouillés de lait maternel, pendant le jeu de l'amour.

Ces femmes nous parlent, s'exhibent devant nous, les hommes, non. Su Tong nous transforme en voyeurs en nous donnant à voir, à entendre, à sentir ce qui se passe dans la tête de ces femmes, mais aussi dans leur corps. Les hommes ? Des absents, des fuyards, des faibles qui, comme l'un d'entre eux l'avoue, n'« (ont) jamais le dessus avec les femmes » : ils perdent la raison au toucher d'un jupon soyeux.

Chez Su Tong, il y a toujours un personnage qui affirme que les hommes ne valent rien, les femmes guère mieux. Les portraits subversifs qu'il nous offre des Chinois dans leur différence sexuelle ont en tout cas l'avantage d'être chauds et pleins de vie, d'une vie où les passions et les désirs, même s'ils sont tordus et pervertis, sont bien incarnés.

En fait, c'est comme si l'on regardait un film : la plume de Su Tong suit le point de vue de ces femmes, elle est complice de l'œil cinématographique subjectif. Son écriture est faite de détails parlants, comme le slip de soie vert suspendu à une perche en bambou dans *Visages fardés* ou le désuet nécessaire à fards dans *La Vie des femmes*. Elle ne tombe jamais dans le sentimental. Elle est cliniquement désinvestie de bienveillance humaine et empêche qu'une lecture simpliste, moralisante, en soit faite.

Il n'est donc pas étonnant que de nombreux jeunes cinéastes, femmes et hommes, notamment la réalisatrice Li Shaohong pour *Visages fardés* (1995), rivalisent pour obtenir les droits d'adaptation de ces durs récits de femmes écrits par ce jeune homme qu'est Su Tong.

MARIE-CLAIRE HUOT

VISAGES FARDÉS

Un matin du mois de mai, un véhicule tout terrain venant de la caserne se posta à l'entrée de la ruelle des Nuages-Emeraudes. Les prostituées lourdement fardées s'avancèrent à la queue leu leu, et commencèrent à se hisser à l'arrière du camion bâché. Au nombre des badauds se trouvaient le marchand de galettes de sésame du coin de la rue, ainsi que les petits vendeurs ambulants de cigarettes et d'orchidées blanches. Hormis ceux-là, un groupe de jeunes soldats, le fusil chargé, étaient dressés en rang de chaque côté de la ruelle. Pareils à une haie d'arbres, ils se tenaient postés là, bien droits.

Finalement, les dernières à sortir furent Qiuyi et Xiao'e, de la maison de plaisir *Xihonglou* [1]. Qiuyi était vêtue d'un *qipao* en satin fleuri et d'une paire de chaussures à talons hauts. Adossée à la porte, la taille courbée, elle remontait ses bas. Derrière elle se trouvait Xiao'e, qui visiblement venait à peine de se réveiller, car elle avait les cheveux en bataille et des cernes foncés sous les yeux. Qiuyi empoigna Xiao'e par la main et

1. *Xihonglou*: Pavillon pourpre des plaisirs.

vint se planter en face du marchand de galettes de sésame. Celui-ci lui demanda :

« Mademoiselle Qiu, est-ce qu'aujourd'hui aussi vous voulez manger de mes galettes ? »

Elle lui répondit :

« Bien sûr que j'en veux, pourquoi pas ? »

Elle attrapa deux gâteaux au passage et en fit passer un à Xiao'e. Xiao'e tournait ses regards du côté des filles sur le camion. Elle dit :

« Je n'ai pas faim, viens, on doit monter aussi ! »

Qiuyi se tenait toujours là, cherchant lentement sa monnaie. Puis elle entama son gâteau et, tout en mangeant, se dirigea à son tour vers le camion. Elle rétorqua :

« Comment ça, tu n'en veux pas ? Mais avant d'être exécutée et d'avoir la tête tranchée, il est nécessaire de faire un bon repas ! »

Au moment où elles grimpaient à bord du camion, celui-ci commençait déjà à s'ébranler dans un vrombissement de moteur. A son bord se trouvaient quinze ou seize prostituées, les unes debout, d'autres assises. Dans un coin s'entassaient quelques valises en cuir et des ballots. Qiuyi et Xiao'e demeurèrent à l'arrière, le regard tourné vers les fenêtres du *Xihonglou* où une petite culotte vert pâle flottait doucement dans le vent sur une perche de bambou. Xiao'e dit :

« C'est moi qui l'ai oubliée là tout à l'heure, je me demande bien s'il va pleuvoir ou non ! »

Qiuyi répondit :

« Ne t'en soucie pas trop. Lorsque nous serons là-bas, qui sait s'ils nous laisseront revenir ? »

Xiao'e baissa la tête, l'air abattu, et dit :

« Mais au bout du compte, on nous emmène pour faire quoi ? »

Qiuyi répondit :

« Certaines disent que c'est pour un contrôle des maladies vénériennes. Très bien, soit, de toute façon je commence à en avoir assez de tout, et s'il s'agit vraiment de nous exécuter, ça ne m'effraie pas non plus ! »

Le camion traversa à vive allure les rues étroites et cahoteuses de la ville, et un certain nombre de restaurants familiers et de dancings, ainsi que des fumeries d'opium et des tripots, passèrent devant leurs yeux en un éclair avant de disparaître. Les prostituées étaient rongées d'inquiétude, et aucune ne songeait à exprimer la moindre opinion sur ce qui les attendait. En l'espace de quelques jours, les drapeaux rouges et les slogans avaient entièrement recouvert toutes les rues et même les publicités affichant de belles femmes sur les murs. Les parfums de cosmétiques qu'exhalaient les robes des prostituées se mêlaient aux vapeurs d'huile et d'essence du camion. Sur le terrain de jeux d'une école primaire, de l'autre côté de la rue, un groupe d'enfants répétait pour la fête de la Victoire, au son des gongs et des tambours et, juste au même moment, un cortège provenant des usines de mécanique Dalong débouchait de front, les ouvriers agitant des drapeaux en papier et chantant ces nouveaux hymnes en provenance du Nord. Certains d'entre eux montrèrent du doigt, en glousssant, le camion venant de la ruelle des Nuages-Emeraudes, et il y en eut même un qui, jaillissant du défilé, envoya un crachat en direction de ses occupantes.

« Cochons ! » Les prostituées les maudirent. Pour la première fois, l'atmosphère se détendit un peu ; elles vinrent toutes se presser le long des ridelles et injurier en cœur celui qui leur avait craché dessus. Cependant, le camion se mit soudain à prendre de la vitesse, creusant un écart entre les prostituées et l'attroupement de la rue ; elles réalisèrent alors qu'il prenait la direction des faubourgs nord de la ville. Qiuyi aperçut alors Laopu qui sortait d'une maison de thé et montait dans un pousse. Elle lui fit des signes de la main, mais sans attirer son attention, puis elle se mit à crier :

« Laopu ! On m'emmène ! »

Laopu n'entendit pas et sa silhouette longue et mince s'amenuisa chaque seconde davantage. Qiuyi remarqua seulement qu'il était vêtu ce jour-là d'un costume occidental gris anthracite et portait un feutre.

L'hôpital provisoire était installé au nord de la ville, dans les locaux d'une église catholique dont la porte en plein cintre et les vitraux laissaient encore voir des impacts irréguliers de balles, et sur le perron duquel médecins et infirmières de l'armée vêtus de blouses blanches entraient et sortaient sans arrêt. Un officier qui se trouvait en haut de l'escalier s'écria :

« Que toutes celles qui viennent de la ruelle des Nuages-Emeraudes montent par ici ! »

Les prostituées attendirent en rang face à un rideau de toile, derrière lequel une voix de femme les appelait par leur nom en criant. Elle annonça :

« Entrez une par une et pas de bousculade ! »

Qiuyi se mit à pouffer et dit :

« Mais qui est pressé ici ? On n'est pas là à faire la queue pour acheter des pieds de cochon ! »

Les prostituées éclatèrent de rire en même temps, mais l'une d'elles déclara :

« C'est vraiment dégoûtant ! On nous traite comme des porcs qu'on va castrer ! »

L'officier qui les escortait agita aussitôt son arme en direction de celle qui venait de parler et rugit :

« Ça suffit ! Arrêtez de parler à tort et à travers ! Tout ça c'est pour votre bien ! »

Son attitude en imposait et les prostituées, d'un coup, ne soufflèrent plus mot.

Bien vite, ce fut au tour de Xiao'e d'être appelée. Xiao'e restait là, immobile, comme dans un état second. Qiuyi lui envoya une tape :

« C'est ton tour ! »

Dans un élan, elle s'agrippa alors à la main de Qiuyi et, sans plus la lâcher, supplia :

« J'ai peur. On ne pourrait pas y aller toutes les deux ensemble ? »

Qiuyi rétorqua :

« Mais de quoi donc as-tu peur ? Puisque tu n'as pas attrapé ce genre de sale maladie, laisse-les donc t'examiner si ça leur chante. Tu ne crains pas de te déshabiller, quand même ? »

Les lèvres de Xiao'e tremblaient, comme si elle était sur le point d'éclater en sanglots, Qiuyi trépigna de colère et dit :

« Tu n'es vraiment bonne à rien ! Bon, d'accord, je t'accompagne ! »

Xiao'e se pelotonna sur le lit. Depuis son enfance, elle était terrorisée par les médecins et l'odeur de l'alcool. Le visage de la doctoresse de l'armée se cachait derrière son masque en coton et seuls apparaissaient deux yeux effilés et indifférents. Elle attendait que Xiao'e se déshabille, mais Xiao'e se couvrait fermement avec ses dessous. Elle disait :

« Je n'ai pas de maladie, je ne veux pas qu'on m'examine ! »

La doctoresse répondit :

« Je dois examiner tout le monde, peu importe que vous soyez infectée ou pas ! »

Xiao'e ajouta :

« Mais justement j'ai mes règles, et c'est très gênant ! »

La doctoresse de l'armée fronça les sourcils avec impatience :

« Mais comment une femme comme vous peut-elle faire tant d'histoires ? »

Ses mains gantées de caoutchouc s'avancèrent soudain sans la moindre pitié. A ce moment-là, Xiao'e entendit Qiuyi qui se trouvait sur le côté émettre un pet sonore. Elle regarda dans sa direction et vit Qiuyi lui faire un clin d'œil complice. La doctoresse se répandit en injures de sa voix suraiguë. Mais Qiuyi dit en se retournant :

« Quoi ? On n'a même pas le droit de se relâcher un peu ? Et si je mourais de ballonnements, à qui la faute ? »

Xiao'e ne put s'empêcher de cacher son sourire derrière sa main. Celles qui se trouvaient de l'autre côté du rideau se mirent également à s'esclaffer, et la voix du jeune officier retentit :

« Il est interdit de rigoler ! Est-ce que vous vous croyez au bordel ici ? »

Quelques filles venant d'autres maisons de plaisir étaient détenues, et attendaient sur un banc que l'on règle leur sort. Il y en avait une qui pleurnichait, et celle qui s'appelait Ruifeng était entièrement absorbée à se ronger les ongles, dont elle recrachait ensuite les rognures sur le sol. L'examen médical avait révélé qu'elles étaient atteintes. Quant aux autres prostituées, elles commençaient à sortir l'une après l'autre sur le perron de l'église.

Qiuyi et Xiao'e quittèrent le bâtiment en se tenant par la main. Le visage de Xiao'e était d'une pâleur effrayante. Elle jeta un regard circulaire sur le bâtiment endommagé et, sortant son mouchoir, s'essuya les tempes et le cou, puis les mains et les jambes. Elle dit :

« Je me sens salie à présent ! »

Qiuyi répondit :

« Sais-tu que je l'ai fait exprès ? Au fond de moi, je suffoquais de colère ! »

Xiao'e ajouta :

« Que va-t-il se passer maintenant ? As-tu une idée de l'endroit où ils comptent nous emmener ensuite ? »

Qiuyi poussa un soupir :

« On dit qu'ils veulent nous envoyer travailler. De toute façon, je n'ai pas peur, mais je suis inquiète pour toi. Est-ce que tu pourras supporter cette épreuve ? »

Xiao'e secoua la tête :

« Moi non plus je n'ai pas peur. Simplement, je ne sais pas ce que l'avenir nous réserve et je me sens complètement perdue ! »

Le grand camion de couleur kaki stationnait toujours à la porte de l'hôpital de campagne, et toutes les filles y avaient déjà pris place. Qiuyi se dirigea vers la porte, et à ce moment-là l'expression de son visage changea. Elle dit :

« Cette fois, c'est fichu. Ils ne nous laisseront pas retourner à la ruelle des Nuages-Emeraudes ! »

Xiao'e demanda :

« Comment est-ce qu'on va faire, je n'ai pas eu le temps d'emporter quoi que ce soit ! »

Qiuyi répondit à voix basse :

« On va commencer par se cacher, ensuite on verra ! »

Qiuyi saisit la main de Xiao'e et, furtivement, bifurqua vers l'arrière d'une cabane en bois. Cet endroit servait sans doute aux soldats de cabinets d'aisance : une violente odeur d'urine les obligea à se boucher le nez. Elles ne remarquèrent pas la présence, parmi les chaumes, d'un soldat accroupi. Celui-ci ne devait pas avoir plus de dix-huit ou dix-neuf ans, et il avait un visage arrondi et rougeaud. D'une main, il tira sur son pantalon et de l'autre, pointa son fusil sur Qiuyi et sur Xiao'e qui, effrayée, poussa un cri perçant. Il ne leur restait plus qu'à sortir, tandis que l'officier chargé de l'escorte du convoi criait à voix haute :

« Allez, plus vite, plus vite ! Vous deux, dépêchez-vous d'embarquer ! »

Qiuyi et Xiao'e se retrouvèrent à nouveau debout à bord du camion. Qiuyi se mit à lancer un flot d'injures ininterrompu et elle cria en direction de l'officier :

« Est-ce que vous allez nous tuer ? Dites-nous au moins si vous allez nous tuer ! Pourquoi est-ce que vous ne nous dites pas où l'on nous emmène ? »

L'officier, qui restait impassible, dit :

« Qu'est-ce qui te prend ? Nous avons simplement l'ordre de vous acheminer au camp de rééducation par le travail ! »

Qiuyi lui rétorqua en frappant du pied :

« Mais je n'ai rien emporté avec moi. Je n'ai pas pris le moindre sou, je n'ai même pas de petites culottes de rechange, alors dites-moi comment je vais faire ? »

L'officier répondit :

« Ce n'est pas la peine d'apporter quoi que soit. Une fois là-bas, on distribuera à chacune un paquetage avec toutes les choses indispensables ! »

Qiuyi répliqua :

« On n'en veut pas de votre barda. Moi, je veux mes affaires personnelles, mes bijoux en argent, mes robes et mes bas de soie. Et pour mes serviettes hygiéniques, comment ferez-vous pour m'en donner ? »

Cette fois, l'officier prit un air sévère :

« Je vois que tu es particulièrement récalcitrante, toi. Parle encore une fois comme ça, et je te descends ! »

Xiao'e serra très fort la main de Qiuyi et lui souffla :

« Tais-toi, ne lui dis plus un mot, je t'en supplie ! »

Qiuyi répondit :

« Je suis certaine qu'il n'oserait pas tirer sur moi ! »

Xiao'e eut alors un sanglot, puis dit :

« Cette fois, ça y est. Maintenant, nous roulons au milieu des champs, alors à quoi bon vouloir encore nos affaires ? Si l'on doit nous exécuter, eh bien, il en sera ainsi ! »

Dans le lointain, on apercevait les murailles nord de la ville et le drapeau rouge qui y était planté flottait tranquillement sous la brise de midi. Dans le camion, les filles prirent soudain conscience que le véhicule allait les entraîner bien loin de leur ville si familière et florissante, et certaines d'entre elles se mirent à pleurer à chaudes larmes :

« Commandant, par pitié, laissez-nous rentrer ! »

Elles ne cessaient de le supplier. Quant au jeune officier, il se raidit et se tint sur un des bords, le visage fermé, sans broncher. La fille qui se trouvait juste à côté de lui put remarquer quand même que son souffle s'était accéléré, et qu'en outre son haleine dégageait une forte odeur d'ail.

Lorsque le long camion traversa la porte nord de la ville, il réduisit un peu son allure. Qiuyi sentit la paume de ses mains se couvrir de sueur moite et glacée. Elle serra alors avec force les doigts de Xiao'e puis, s'élançant d'un bond, elle sauta au bas du camion. Xiao'e vit ensuite

Qiuyi s'écorcher contre le mur en briques de l'arche, puis rebondir sur le sol. Cela se passa de façon si rapide que personne n'eut le temps de réagir, puis un cri perçant retentit dans le camion. Xiao'e était stupéfaite, sa première réaction, sur l'instant, fut d'aller s'agripper à la main du jeune officier :

« Ne tirez pas ! Laissez-la partir ! »

Tout en criant, elle vit que Qiuyi se relevait prestement, se débarrassait de ses chaussures à talons hauts et, pieds nus, un coin de son *qipao* à la main, filait comme le vent. En moins d'un clin d'œil, elle avait disparu à l'intérieur des portes de la ville. Le jeune officier tira un coup de feu en l'air et Xiao'e l'entendit proférer une injure particulièrement grossière, dans un patois du Shandong :

« Espèce de sale putain increvable ! »

On était à la fin du printemps de 1950 lorsque Xiao'e arriva au camp de rééducation par le travail, qui se trouvait niché au creux des montagnes. C'était pour elle le deuxième endroit où elle prenait pied, depuis le jour où elle avait quitté son bourg natal de Hengshan. Le camp de rééducation était constitué de quelques rangées de bâtiments carrés aux murs blancs et aux toits de tuiles rouges, et des pêchers étaient plantés aux alentours. Au moment de leur arrivée, les fleurs roses des pêchers étaient pleinement épanouies et ces fleurs, précisément, firent ressentir à Xiao'e comme une atmosphère de douceur. En voyant les arbres fruitiers, elle cessa enfin de sangloter.

L'endroit était délicatement couronné par les versants sinueux des montagnes, et seul un chemin de terre les reliait avec l'extérieur. Le terrain à découvert n'était pas clôturé par du fil de fer barbelé, mais l'entrée de ce chemin était gardée par un mirador très haut sur lequel était posté un soldat qui surveillait chaque mouvement à l'intérieur du camp. Dès son arrivée, Ruifeng annonça aux autres qu'elle était déjà venue ici, et qu'autrefois c'était une caserne japonaise. Xiao'e lui demanda :

« Qu'est-ce que tu venais faire ici ? »

Ruifeng, mordillant un ongle, répondit :

« Ben, je leur tenais compagnie pour dormir, que crois-tu que je faisais ? »

Il n'y avait pas de lits dans les dortoirs, seulement de longues paillasses communes en briques maçonnées. L'officier donna l'ordre aux prostituées de choisir leurs places :

« Que six personnes dorment par emplacement ! »

Ruifeng dit à Xiao'e :

« On se mettra à côté ! »

Xiao'e s'assit sur la paillasse et elle contempla le mur de pisé, barbouillé de taches d'humidité et de toiles d'araignée, et pendant un long moment elle resta silencieuse. Elle se mit à penser à Qiuyi, se demandant vers quel endroit elle avait bien pu s'enfuir. Si seulement Qiuyi était ici à ses côtés, comme elle se sentirait mieux. Ces dernières années, Qiuyi était devenue, sur le plan des émotions, un véritable rempart pour Xiao'e, qui en toute chose s'appuyait sur elle. Aussi, sans Qiuyi, se sentait-elle encore davantage perdue.

Lors de leur première nuit au camp de rééducation, les prostituées ne purent fermer l'œil. Les couchettes étaient infestées de puces et de poux et, depuis les trous des murs, les souris leur bondissaient sans cesse au visage ; c'est pourquoi les cris aigus et les jurons emplissaient tout le dortoir. Ruifeng dit :

« C'est pas pour les humains, cet endroit de merde ! »

A côté, l'une d'elles ajouta :

« On ne nous traite pas comme des humains, justement, et si tu n'as pas encore pris une balle dans la tête, c'est que tu t'en es tirée à bon compte ! »

Ruifeng répondit :

« Mais pourquoi nous a-t-on fait venir ici ? Pour dormir avec eux ? »

Les prostituées éclatèrent de rire en la traitant de tête de linotte.

Au milieu de la nuit, l'une d'elles cria à l'intention de la sentinelle qui faisait sa ronde :

« On n'arrive pas à dormir, donnez-nous des somnifères ! »

La sentinelle qui se trouvait assez loin jura avec férocité :

« Faites du tapage, mais demain on vous mettra au boulot ! Vous croyez qu'on vous a amenées ici pour que vous vous la couliez douce ? Vous êtes ici pour vous rééduquer par le travail et vous transformer jusqu'à la moelle ! Vous ne pouvez pas dormir ? Eh bien, ne dormez pas !

— Qu'est-ce que ça veut dire, rééduquées ? demanda Ruifeng à Xiao'e.

— Je ne sais pas ! »

Elle secoua la tête :

« Et je ne tiens pas à le savoir !

— Ce que ça veut dire, c'est qu'on ne te laisse plus te vendre ! dit une des prostituées en riant de bon cœur.

— Ils vont te faire travailler. Te faire oublier les hommes au point qu'après, tu n'oseras même plus racoler ! »

Lorsque l'aube se mit à poindre, Xiao'e s'assoupit un moment, dans un sommeil troublé, et fit successivement plusieurs cauchemars. Cela dura jusqu'à ce que les prostituées se lèvent, l'une après l'autre, pour aller sur le seau d'aisance, et ce bruit la réveilla. Xiao'e avait le corps roué de fatigue et il lui semblait que tous ses os s'étaient disloqués. Tout en s'appuyant au mur, elle se pencha et regarda au-dehors. Une petite branche de pêcher était inclinée vers la fenêtre défraîchie, et dans les fleurs qu'elle portait, les étamines et le pistil retenaient des perles de rosée. Xiao'e tendait le bras pour cueillir ces fleurs lorsqu'au même instant, elle entendit un hurlement venir du poste de garde. Elle sentit un frisson glacé la parcourir et, complètement réveillée, elle prit conscience qu'une nouvelle vie inconnue avait déjà commencé.

Quand Qiuyi fut de retour à la maison de plaisir *Xihonglou,* la nuit était tombée depuis un moment. Les lanternes de l'entrée avaient été décrochées, et elle se tint dans l'ombre, passant la main dans ses cheveux pour les remettre en ordre. Les portes étaient toutes bien fermées, mais de l'intérieur parvenait vaguement l'écho des pièces d'un jeu de mah-jong. Qiuyi frappa longtemps à la porte avant que la tenancière ne vînt lui ouvrir. Celle-ci, stupéfaite, lui dit :

« Comment se fait-il qu'ils t'aient relâchée ? »

Qiuyi entra directement sans répondre. La tenancière, sur ses talons, ajouta :

« Tu t'es enfuie, n'est-ce pas ? Si c'est le cas, ça ne peut pas aller. Dès demain, ils reviendront ici, c'est sûr. Au-dehors, la situation est maintenant très sérieuse ! »

Qiuyi eut un rire glacial, et dit :

« Je n'ai peur de personne, alors toi, de quoi as-tu peur ? Je suis seulement venue récupérer mes affaires !

— Quelles affaires ? Tes bijoux et autres objets de valeur ont tous été confisqués par les soldats lors de leur passage ! »

Qiuyi grimpa l'escalier à pas feutrés tout en répondant :

« Ne me fais pas ce numéro-là. Tu t'empares de mon bien et tu ne craindrais pas que le ciel te foudroie ? »

La pièce était dans un désordre indescriptible et Qiuyi ne réussit effectivement pas à mettre la main sur son coffret à bijoux. Elle se rua alors dans le salon et s'écria à l'adresse des quatre joueurs de la partie de mah-jong :

« Comment ? C'est avec mes bijoux que vous misez maintenant ? »

La tenancière répondit en continuant à piocher des pièces :

« Qiuyi, tu exagères, vraiment ! Combien d'années t'ai-je traitée comme ma propre fille ? Et je serais capable, après ça, de te dépouiller de ta sueur et de ton sang ? »

Qiuyi répliqua avec un rire de dédain :

« A cette époque-là, tu escomptais que je fasse de l'argent, mais aujourd'hui l'arbre s'écroule et les singes détalent, n'est-ce pas ? Allons, personne n'est dupe de personne ! »

L'autre, le visage fermé, dit alors :

« Si tu ne me crois pas, tu n'as qu'à fouiller la maison toi-même ! Voyons, je n'ai pas le cœur à me disputer avec toi ! »

Qiuyi répondit :

« Moi non plus, je n'ai pas le cœur à ça, mais je ne suis pas quelqu'un qu'on abuse aisément et je ne recule jamais devant les choses qui sont à faire ! »

La tenancière lui demanda avec âpreté :

« Où veux-tu en venir ? »

Qiuyi, les mains croisées sur les épaules, fit le tour de la table de jeu, et déclara soudain :

« Allumer un incendie, ce sera un jeu d'enfant ! Cela m'évitera de revoir une nouvelle fois ce bordel répugnant ! »

La tenancière de la maison de plaisir eut à son tour un rire hostile. Elle dit :

« Je ne pense pas que tu aurais cette audace. Tu ne crains donc pas que j'ameute les gens pour donner ton petit cul en pâture aux chiens ? »

Qiuyi répondit :

« Moi, craindre quelque chose ? Je suis entrée au bordel à seize ans, et depuis rien ne me fait peur. Même si vous m'extirpiez le cœur, ça ne me ferait pas trembler ! »

Qiuyi se précipita vers l'escalier, arracha une peinture du mur et vint l'enflammer sur le foyer. Les quatre joueurs se ruèrent sur elle pour lui saisir la main, et Qiuyi, de toutes ses forces, hurla en brandissant cette torche :

« Brûle ! Brûle ! Allez ! Que ce bordel brûle entièrement ! Et que personne ne s'approche ! »

Ceux qui tâchaient de l'en empêcher lui dirent :

« Mais Qiuyi, as-tu vraiment perdu la tête ?

— Oui, je suis folle ! dit-elle. Je suis entrée au bordel à seize ans et depuis, je suis folle ! »

Pendant un instant, ce fut une empoignade désordonnée jusqu'à ce que, du haut de l'escalier, la tenancière folle de rage jette un petit paquet en disant :

« Tout est là, prends ça et déguerpis ! Débarrasse-moi le plancher ! »

Puis Qiuyi sortit dans la ruelle des Nuages-Emeraudes, son bien empaqueté sous le bras. La nuit était déjà d'un noir d'encre et il n'y avait pas âme qui vive alentour. Qiuyi se dirigea vers l'entrée de la ruelle, tandis qu'une tristesse sans précédent l'assaillait. Tournant la tête pour regarder la maison de plaisir *Xihonglou,* elle vit la petite culotte de Xiao'e toujours suspendue, qui flottait dans la nuit. Elle se sentit inquiète pour Xiao'e, mais elle ne pouvait pas s'en occuper pour l'instant. En l'espace de quelques jours à peine, tout avait basculé, et les filles avaient été chassées à jamais de la ruelle des Nuages-Emeraudes. A la lueur glauque d'un réverbère,

Qiuyi parvint à s'orienter. Elle décida alors de se diriger vers le nord de la ville pour tâcher de retrouver Laopu, car il était malgré tout la première personne sur qui elle pourrait compter.

Laopu logeait à la résidence pour célibataires de la Compagnie d'électricité. Quand Qiuyi arriva là-bas, le concierge venait d'ouvrir la porte en fer. Il lui annonça :

« Laopu n'est pas là. Il lui arrive assez souvent de ne pas rentrer dormir.

— Ça ne fait rien, je vais monter l'attendre ! »

Qiuyi se dit que, dans le fond, elle connaissait bien mieux les habitudes de Laopu que le concierge.

Qiuyi se tenait devant la porte de la chambre de Laopu, attendant patiemment son retour. Les uns après les autres, les employés célibataires de la Compagnie, munis de leur serviette et leur gobelet à la main, pénétraient dans la salle des douches. Un homme qui se trouvait devant le bassin tourna la tête dans sa direction et l'observa minutieusement, puis il lâcha au bout d'un moment :

« On dirait que c'en est une de la ruelle des Nuages-Emeraudes ! »

Qiuyi feignit de ne pas l'avoir entendu. Elle sortit une cigarette et, tout en en tirant de longues bouffées, elle spéculait sur l'endroit où pouvait bien se trouver Laopu. Il était probablement parti prendre son petit déjeuner dans une maison de thé, à moins qu'il ne soit allé faire un tour chez des prostituées d'un autre établissement, car il appartenait à cette catégorie d'hommes qui recherchent les jouissances de la table et du lit.

« Mais qu'est-ce que tu fabriques ici ? »

Tandis qu'elle l'attendait avec une certaine anxiété, Laopu venait de faire son apparition. Il sortit ses clefs, ouvrit la porte et, l'entraînant de la main, l'attira à l'intérieur.

« Je n'avais pas d'autre endroit où aller ! »

Qiuyi se laissa tomber sur le sofa et se mit à raconter :

« L'Armée de libération a complètement bouclé la ruelle des Nuages-Emeraudes et un camion a chargé toutes les filles et nous a emmenées vers les gorges. Moi, j'ai réussi à m'enfuir en sautant en marche !

— J'en ai entendu parler ! »

Laopu fronçait les sourcils ; il interrompit le récit de Qiuyi :

« Bon, mais que comptes-tu faire à présent ?

— Dieu seul sait ce qu'il faut faire ! La situation est encore sérieuse. On embarque des gens, on les embarque pour le travail forcé, mais moi je ne suis pas prête d'y aller ! Je resterai chez toi à me cacher un bout de temps. Laopu, dis, après tout, il y a bien un peu de sentiment entre nous deux, n'est-ce pas ?

— Pour ça, bien sûr, je peux t'aider. »

Laopu vint entourer de ses bras les jambes de Qiuyi, puis il ajouta :

« Cependant, il y a trop de passage et trop d'indiscrétions ici, et je ferais bien mieux de t'emmener à la maison. On dira au-dehors que tu es la nouvelle nourrice.

— Pourquoi raconter tant d'histoires aux gens ? Est-ce qu'on ne pourrait pas me présenter plutôt comme ta nouvelle petite épouse ? »

Qiuyi se blottit à son cou, y déposa un baiser, puis elle le frappa du poing sur le dos.

« Bon, c'est d'accord, j'y consens. On fera comme tu le souhaites ! »

La main de Laopu souleva avec douceur le bord de la robe fendue de Qiuyi et son regard se porta en dessous. Sa bouche laissa échapper un soupir, puis il dit :

« Qiuyi, à ton contact je perds la raison. Tu m'as volé mon âme ! »

Qiuyi cracha vers le plancher avec force, et répliqua :

« Les mots doux et les paroles mielleuses, je m'en moque bien. Moi, je pense souvent à saisir un couteau et à extirper vos cœurs de mâles pour regarder un peu à quoi ils ressemblent, et voir de quoi ils sont faits. On ne peut pas dire à l'avance si ce ne serait pas de la fange que l'on extrairait, mais dans ce cas, tout espoir serait définitivement perdu pour moi ! »

Après s'être tous deux rassasiés de raviolis aux trois fraîcheurs et à l'étuvée au restaurant de raviolis *Wuxi,* ils hélèrent en chemin un pousse-pousse. Laopu déclara :

« Maintenant, je t'emmène à la maison ! »

Qiuyi utilisa un carré de soie pour dissimuler la moitié de son visage, et elle prit la main de Laopu dans la sienne. Ils traversèrent la partie commerçante de la ville, désertée et chaotique. Les cinémas projetaient encore des films hollywoodiens. Sur les affiches de présentation, héros et belles dames paraissaient immuablement liés par de tendres sentiments. Qiuyi désigna du doigt l'une d'elles et s'exclama :

« Tu vois ce couple, c'est de la duperie ! »

Laopu, qui ne comprenait pas, demanda :

« Qu'est-ce qui est quoi ? »

Qiuyi répondit :

« Mais tout ! Tout est de la duperie ! La relation que tu as avec moi, ça me paraît bien être de la duperie. Et l'affection que je te porte, c'en est aussi. Lorsque ces soldats ferment la ruelle des Nuages-Emeraudes, c'est également de la duperie ! Il m'est impossible de croire que les hommes puissent un jour ne plus aimer traîner dans les bordels. Et est-ce qu'en nous dispersant, on aura rendu d'un seul coup à ce monde sa propreté ? »

Le pousse-pousse atteignit en cahotant une rue tranquille et retirée et Laopu, montrant du doigt une petite bâtisse de couleur jaune, indiqua :

« Voilà ma maison. C'est mon père qui en a fait l'acquisition avant de quitter ce monde, et à présent ma mère et une servante y vivent. Il y reste beaucoup de pièces inoccupées ! »

Qiuyi sauta en bas du pousse, et elle demanda à Laopu :

« Comment dois-je appeler ta mère ? »

Laopu répondit :

« Tu vas l'appeler madame Pu, ça devrait aller ! »

Qiuyi rétorqua :

« Mais je ne suis pas très à l'aise dans mes relations avec les autres femmes, tu sais. Est-ce qu'elle est au courant de ma condition ? L'idéal serait qu'elle ait déjà exercé le métier, cela nous permettrait de faire bon ménage ! »

Le visage de Laopu laissa aussitôt apparaître son embarras :

« Ne dis donc pas n'importe quoi. Ma mère est quelqu'un de très digne, et lorsque tu la verras, il est impératif que tu te tiennes un peu. Tu diras que tu es ma collègue de travail et il ne faut surtout pas que tu te trahisses par un faux pas ! »

Qiuyi se mit à rire :

« Ce sera difficile ! Une fille comme moi n'est pas capable de jouer ce genre de comédie ! »

Mme Pu était assise dans un fauteuil de rotin, occupée à son tricot. Dès que Qiuyi croisa ses yeux immenses et son regard intense, elle sentit son cœur se figer. Les femmes qui ont de tels yeux sont généralement féroces. Les présentations furent faites de façon ordinaire, bien que contraintes, et Qiuyi laissa distraitement errer ses regards autour d'elle. Elle sentit tout au long de leur entrevue le regard perçant de Mme Pu posé sur elle, la scrutant et la sondant de la tête aux pieds, tandis que le son aigu de sa voix, qui mélangeait les accents du Sud et du Nord, était à ses oreilles une souffrance supplémentaire.

La servante emmena ensuite Qiuyi pour la conduire à une chambre à l'étage. La pièce, visiblement inoccupée et fermée depuis longtemps déjà, était remplie de poussière.

La servante lui dit :

« Mademoiselle, allez vous asseoir au salon un moment, je reviens balayer la chambre immédiatement ! »

Qiuyi l'arrêta d'un signe de la main :

« Tu peux descendre. Je nettoierai seule tout à l'heure ! »

Qiuyi ouvrit la fenêtre et regarda en direction du jardin. Laopu et sa mère s'y trouvaient encore, en pleine conversation. Qiuyi entendit Mme Pu qui disait en prenant soudain une voix forte :

« Ne me raconte donc pas de sornettes ! Au premier coup d'œil, j'ai vu quel genre de créature c'était. En amenant une femme comme elle chez nous, vraiment, tu ne crains pas d'être la risée de tout le monde ? »

Qiuyi savait que ces paroles s'adressaient surtout à elle, mais elle s'en moquait. Depuis toujours, elle y était habituée et ne se souciait pas de ce que les gens pouvaient dire sur son compte. De toute manière, ça ne l'atteignait pas.

Depuis l'aube jusqu'à la tombée de la nuit, Xiao'e devait chaque jour coudre trente sacs de jute. Les autres filles également. C'était la tâche qui leur avait été assignée, et celles qui n'avaient pas terminé ne pouvaient quitter le travail sans autorisation. La masse de jeunes femmes s'entassait dans un ancien magasin d'armes pour coudre, et les journées passaient, devenues pénibles et interminables. Les sacs de jute étaient destinés à l'armée et, chaque jour, un camion venait les chercher pour les emmener hors du camp de rééducation.

Xiao'e regarda ses doigts minces et effilés, ils étaient tout ensanglantés. Bientôt, elle ne parvint même plus à tenir l'aiguille. Elle avait tout un empilement de toile de jute en face d'elle et, complètement abattue, au bord des larmes, elle s'écria :

« Je n'arriverai jamais à finir de coudre. Mes doigts vont bientôt tomber en charpie ! »

Celles d'à côté, pour la réconforter, lui dirent :

« Tiens bon encore quelques jours. D'ici là, le sang aura coagulé et des cals vont se former. Dès que tu auras les doigts calleux, tout ira bien ! »

Plus tard, le travail terminé, tout le monde sortit et il ne resta que Xiao'e, échouée là, au milieu des entassements de sacs.

La pénombre du crépuscule s'épaissit peu à peu, et elle entendit la sentinelle qui faisait lentement les cent pas devant la porte. Le soldat se mit à crier, excédé :

« Espèce de bonne à rien ! Tu n'as donc pas encore fini de coudre ? Chaque jour c'est la même chose, c'est toujours toi qui es à la traîne ! »

Xiao'e continuait à se tenir droite et engourdie, assise sur un sac de jute. Elle pensa : Il n'est pas question que je couse jusqu'au bout. Qu'ils fassent donc de moi ce qu'il leur plaira.

L'odeur âcre et pénible de la fibre de chanvre emplissait ce qui, autrefois, était le dépôt d'armes et la nuit se faisait progressivement plus dense. La sentinelle de garde alluma brutalement la lumière et, fondant sur elle, cria :

« Bonne à rien, qu'est-ce que tu fous là, à rester assise, sans bouger ? Prends bien garde au cachot ! »

Xiao'e, lentement, leva les mains pour montrer ses doigts au soldat. Elle pensait dire quelque chose en guise d'explication, mais en même temps elle n'eut pas le cœur de se mettre à parler. Il repartit en grommelant.

Plus tard, elle l'entendit qui chantait :

Le ciel des zones libérées est un ciel d'azur,
Le peuple des zones libérées est gonflé de joie !

Une demi-heure s'écoula environ, puis la sentinelle revint dans l'atelier et la vit en train de nouer une cordelette qu'elle avait passée sur la charpente. Xiao'e, avec lassitude, passa sa tête dans le nœud coulant et d'une main tendit la corde pour l'assurer. Le soldat, pris de panique, se mit à crier :

« Bonne à rien, ne bouge plus ! »

Il tira précipitamment un coup de feu en l'air, Xiao'e tourna la tête et, voyant le soldat, protégea de la main son cou passé dans la cordelette. Elle lui dit :

« Tirer, mais à quoi bon ? Je ne cherche pas à m'évader ! »

La sentinelle s'approcha d'elle et arracha la corde.

« Tu dis que tu veux mourir ? »

Xiao'e acquiesça avec indifférence,

« Oui, je veux mourir. Je ne pourrai pas finir ces trente sacs. Quelle autre solution me reste-t-il ? »

Au bruit du coup de feu, les prisonnières du camp s'étaient mises à courir toutes ensemble dans cette direction. Les prostituées s'agrippèrent aux fenêtres de l'atelier, jetant des regards circulaires à l'intérieur. Ruifeng demanda :

« Xiao'e ! Est-ce qu'il t'a eue ? »

Un jeune officier, à la tête de quelques hommes, poussa Xiao'e hors de l'atelier. Tout en se couvrant le visage, elle fit quelques pas en vacillant. Elle parlait et pleurait en même temps :

« Je ne suis pas arrivée à coudre les trente sacs jusqu'au bout. A part me tuer, il n'y avait pas d'autre issue ! »

Elle entendit les autres prostituées qui toutes ensemble se mettaient à sangloter bruyamment.

L'officier tonna :

« Il vous est interdit de pleurer ! Celles qui continueront à pleurer seront fusillées ! »

L'une d'elles, aussitôt, hurla :

« On n'a pas le droit de mourir ! On n'a pas le droit de pleurer non plus ! Comment allons-nous faire pour supporter toutes ces épreuves ? Est-ce qu'il ne vaut pas mieux nous fusiller toutes ? »

Menées par l'une d'entre elles, elles se jetèrent en foule aux pieds de l'officier et de ses soldats, lacérant leurs vêtements et s'agrippant à leurs jambes de pantalons.

A ce moment, le désordre gagna tout le camp. Depuis le mirador, le projecteur balaya l'espace, et des bruits de détonations claquèrent brutalement. Xiao'e bondit derrière un mur et resta hébétée devant le combat qu'elle avait provoqué, car elle n'avait pas escompté un tel résultat.

Après les troubles commis au camp de travail par les prostituées, on put en lire une relation dans la presse. Cela se passait à la fin du printemps de 1950. Les nouvelles étaient succinctes et vagues, on n'y citait pas le nom de Xiao'e, et bien entendu on n'indiquait pas non plus qu'elle en était à l'origine.

Le lendemain matin de bonne heure, Xiao'e était convoquée par les cadres du camp de travail. Ce furent quelques cadres féminins qui entrèrent ; elles avaient les cheveux coupés court à hauteur de l'oreille et se mirent à toiser Xiao'e avec un drôle de regard, puis elles se concertèrent à voix basse, pour finalement entamer un entretien qui dura longtemps.

Durant la nuit, Xiao'e avait eu du mal à dormir. Elle était maintenant consciente qu'elle avait provoqué cette révolte et l'inquiétude ne la quittait plus. S'ils la fusillaient, cela ne changerait pas son sort, au bout du compte, mais s'ils décidaient au contraire de la punir en l'obligeant à coudre quarante à cinquante sacs de jute ? Alors il ne lui resterait plus qu'à choisir, une nouvelle fois, de prendre elle-même le chemin de la mort. Si Qiuyi avait été auprès d'elle, elle aurait su comment l'aider. Mais Qiuyi l'avait abandonnée en s'enfuyant seule.

L'entretien dura toute la matinée et Xiao'e eut, tout du long, l'esprit comme égaré. La tête baissée, elle fixait du regard le bout de ses pieds, et vit que les bas de soie qu'elle avait enfilés à la ruelle des Nuages-Emeraudes étaient déjà abîmés par une déchirure qui laissait apparaître un orteil blafard et enflé.

« Xiao'e, raconte-nous toute ton histoire ! demanda une jeune cadre en s'adressant à elle avec le sourire.

— Ne crains rien, nous sommes toutes sœurs au sein de la lutte des classes ! »

Xiao'e, sans force, hochait la tête. Elle déclara :

« Je ne veux pas parler. Je n'ai pas pu coudre les trente sacs jusqu'au bout. C'est tout, je n'ai rien à raconter !

— Cette attitude n'est d'aucune utilité pour te réformer ! dit la femme cadre avec douceur.

— Nous aimerions t'entendre dire pour quelle raison tu as cherché à te supprimer. Quelle que soit ta peine, tu peux nous en faire part. Nous sommes comme sœurs au sein de la lutte des classes, et dans le même océan de souffrances !

— Je vous l'ai dit. Mes mains sont couvertes de plaies. Je n'ai pas pu terminer ces trente sacs, je n'ai plus qu'à mourir !

— Ce n'est pas la cause principale de ton geste. Tu as été trompée et exploitée par cette maison close pendant des années, et tu as énormément souffert, sans avoir en outre la force de t'y opposer. Comme tu avais la hantise de retomber à nouveau sous la coupe de l'ennemi, tu as tenté d'en finir. Est-ce que je n'ai pas raison ?

— Je ne sais pas. »

Comme elle l'avait déjà fait, Xiao'e baissa la tête, et regarda la déchirure à l'extrémité de son bas.

« J'ai vraiment très peur !

— Il n'y a absolument plus aucune crainte à avoir. Dorénavant, plus personne ne viendra te faire du tort. Nous vous avons amenées ici au camp de rééducation par le travail pour vous transformer, et nous nous efforcerons de rendre prochainement à la société des gens qui seront rentrés dans le droit chemin et auront fait peau neuve. Les maisons closes sont un produit de la Chine ancienne, et elles ont déjà été éliminées. Que souhaiterais-tu faire après ? Travailler comme ouvrière ou peut-être comme vendeuse ?

— Je ne sais pas. Quoi qu'on me donne, ça ira. Quelque chose de pas trop fatiguant, ça serait mieux !

— C'est entendu. A présent, Xiao'e, raconte-nous donc de quelle façon tu es tombée entre les mains de la mère maquerelle. Nous voulons t'aider et nous pensons te demander de participer à la réunion des femmes qui aura lieu le mois prochain, pour dénoncer les humiliations et l'oppression que t'ont fait subir la mère maquerelle et la maison close.

— Je n'ai pas le goût d'en parler, répondit Xiao'e. En quoi cela pourrait-il être bien de raconter des choses comme celles-là devant un public ? Comment vais-je pouvoir parler de ça ?

— On ne cherche pas à ce que tu parles de ces saletés ! expliqua la femme cadre, en rougissant légèrement. Il s'agit d'accuser, tu comprends ! Par exemple, tu pourrais dénoncer comment la maison close a abusé de ta crédulité, et comment ils te battaient durement lorsque tu songeais à t'enfuir. Si tu exagères un peu, ce n'est pas grave, ce qui compte le plus, c'est de faire payer sa dette de sang à l'ennemi. Pour finir, tu lanceras encore quelques slogans, et ce sera parfait !

— Je ne pourrais pas faire d'accusations. Vraiment, je ne pourrais pas ! dit Xiao'e sans enthousiasme. Il est possible que vous autres ne soyez pas au courant, mais je suis entrée au

Xihonglou le jour où je me suis vendue en signant d'une croix mon contrat. Il faut ajouter aussi qu'ils ne m'ont jamais frappée une seule fois. Je recevais les clients et gagnais ma vie le plus sagement du monde, alors pourquoi m'auraient-ils battue ?

— Tu veux dire que tu es entrée au *Xihonglou* de ton plein gré ?

— C'est cela ! »

Xiao'e baissa à nouveau le visage. Elle ajouta :

« Quand j'avais seize ans, mon père est mort et ma mère s'est remariée. J'en ai été réduite à quitter ma région natale, et à venir ici pour trouver un emploi. Personne ne me fait vivre, c'est moi-même qui gagne ma vie toute seule !

— A ce moment-là, pourquoi donc n'es-tu pas allée à la filature de soie pour te faire employer comme ouvrière ? Nous aussi, nous venons d'un milieu difficile. Nous sommes entrées ensemble à la filature et nous avons pu gagner notre vie comme ça, tout aussi bien !

— Vous êtes capables d'affronter une vie dure, mais moi, cela me fait peur ! »

Le regard de Xiao'e se chargea de tristesse. Elle se couvrit soudain le visage, et se mit à sangloter. Elle dit :

« Vous êtes des femmes bien, alors que, foncièrement, moi je ne suis qu'une traînée. Je ne peux rien faire contre ça, je suis tout naturellement comme ça, une traînée ! »

Les femmes cadres restèrent silencieuses un moment, incapables de rétorquer quoi que soit. Puis, à nouveau, elles prononcèrent quelques paroles à l'intention de Xiao'e, avant de se retirer. Après quoi, ce fut au tour de quelques cadres instructeurs, habillés en tenue militaire, d'entrer. L'un de ces instructeurs jeta un petit ballot aux pieds de Xiao'e en disant :

« Bonne à rien, voilà les affaires que ta sœur t'envoie ! »

Xiao'e, en voyant le carré de soie qui l'enveloppait, sut immédiatement que c'était Qiuyi qui avait chargé quelqu'un de le lui faire parvenir. A l'intérieur, il y avait des bas de soie, du savon, du papier hygiénique, et bon nombre de petites choses à manger, Xiao'e pensa qu'effectivement Qiuyi ne l'avait pas oubliée. Le vaste monde avait beau être rempli de vicissitudes, il y avait une chose qu'on ne pouvait remettre en question, c'était l'attachement qui les liait comme des sœurs. Xiao'e défit l'emballage d'une sucrerie dont l'intérieur était d'un rose soutenu, puis la mit dans sa bouche. Cette friandise parvint à rétablir, jusqu'à un certain point, la confiance que Xiao'e avait en la vie. Ensuite, tout en mâchonnant sa sucrerie, elle sortit du baraquement et instinctivement se remit à rouler des hanches en marchant. Xiao'e était une jeune femme au long corps mince et élancé. Sa taille, pareille à un rameau de saule, était fine, souple et délicate. Arrivée à la porte de l'atelier de confection des sacs de jute, Xiao'e défit une nouvelle friandise. Elle vit un soldat qui montait la garde à l'ombre d'un pêcher, et se mit à se moquer de lui d'un air charmant en disant :

« Mon commandant, est-ce que vous voulez une sucrerie ? »

Le garde détourna le visage en se renfrognant. Il répliqua :

« Qui donc en mangerait, de ta sucrerie ? Et puis c'est à lever le cœur, tout ça ! »

Celui qui était allé au camp de travail pour faire parvenir ces affaires à Xiao'e, c'était bien Laopu. Au début, il n'était pas d'accord, mais Qiuyi le tourmenta sans relâche, si bien qu'il n'eut plus d'autre choix. Elle lui dit :

« Laopu, c'est par cet acte que tu vas prouver si tu es véritablement un homme ou pas ! »

Laopu rétorqua :

« Quelle Xiao'e ? Tu veux dire cette gamine solitaire et efflanquée ? »

Qiuyi répliqua :

« Tu aimes les femmes bien en chair, mais il y en a qui aiment les filles élancées aussi, alors tu n'as pas à rabaisser les gens de cette manière. Et puis Xiao'e, elle, fait souvent ton éloge en disant que tu as de l'allure. Dis, tu es vraiment une canaille ! »

Qiuyi n'osait pas aller dehors à la légère. Dans cette vie d'oisiveté forcée, son activité la plus notable était le sommeil. Dans la journée, elle dormait seule et la nuit, elle dormait aux côtés de Laopu. Les mois et les années passées au *Xihonglou* avaient brillé avec élégance, avant de disparaître comme l'éclair. A présent, Qiuyi n'avait plus de véritable identité, et elle pensa qu'à l'avenir ce serait probablement encore sur les hommes qu'elle devrait s'appuyer. Mais il était probable aussi que ce serait sur ces tendres objets de valeur en or et en argent qu'elle avait si patiemment accumulés. Qiuyi s'asseyait sur le lit et elle disposait tous ces objets, bagues et colliers, jusqu'à en recouvrir entièrement la couche. Elle estimait mentalement la valeur de chacun d'entre eux : ainsi, ces bijoux-là, en or, suffiraient à la faire vivre cinq ou six ans. Cette idée lui procurait beaucoup de satisfaction. L'un des bracelets était délicatement gravé de dragons et de phénix, c'était son préféré, et elle le passa autour de son poignet. A cet instant précis, elle se mit soudain à penser à Xiao'e. Xiao'e, elle aussi, possédait un bracelet de ce genre, mais au moment de son départ elle avait dû partir dans un complet dénuement. Qiuyi ne pouvait imaginer quelle serait la vie future de Xiao'e. S'il arrive qu'une femme se retrouve sans la moindre ressource, il ne lui reste plus qu'à compter sur un homme, mais les hommes ne sont pas dignes de confiance.

Deux semaines passèrent en un éclair. Qiuyi s'aperçut que l'attitude de Mme Pu à son égard était de plus en plus exécrable. Un jour à table, Mme Pu lui demanda carrément :

« Mademoiselle Qiuyi, quand comptez-vous quitter ma maison ? »

Qiuyi répliqua :

« Comment ? Vous mettez vos hôtes à la porte maintenant ? »

Mme Pu eut un rire glacial :

« Vous n'êtes en aucune façon mon invitée, et jamais je ne vous ai demandé de venir chez moi.

J'ai toléré que vous habitiez ici deux semaines et, comme faveur, j'estime que cela suffit ! »

Qiuyi, sans se presser ni s'irriter, lui répondit :

« Il est inutile de vous draper dans votre dignité devant moi, vous ne me faites pas peur. Si quelque chose ne va pas, allez donc le dire à votre fils. S'il me demande de partir, alors je partirai ! »

Mme Pu jeta les baguettes qu'elle tenait à la main et dit :

« Jamais je n'ai vu une pareille misérable ! Vous vous imaginez que je n'oserais pas aller parler à mon fils ? »

Et le jour même, dès que Laopu arriva à la maison, il fut intercepté dans le jardin par Mme Pu. Qiuyi put l'entendre chicaner et pleurer tout à la fois, et ce harcèlement dura un bon moment. Qiuyi trouvait cela risible, et pensait en même temps que Mme Pu était pitoyable. A quoi bon endurer cela ? Au départ, elle ne comptait certes pas s'incruster dans la maison des Pu, mais elle n'aimait pas, tout bonnement, l'idée d'en être chassée car c'était vraiment trop blessant pour son amour-propre.

Quand Laopu arriva à l'étage, il avait l'air embarrassé. Qiuyi se retint de sourire et le fixa du regard, attentivement, attendant qu'il se mette à parler. Elle se dit qu'elle allait bien voir comment il se tirerait de cette situation. Laopu fila dans le cabinet de toilette pour se doucher.

Qiuyi lui dit :

« Veux-tu que je vienne te frotter le dos ? »

Laopu répondit :

« C'est inutile, j'y arrive tout seul ! »

Qiuyi entendait, à l'intérieur, le flic floc de l'eau qui tombait en ruisselant. La voix étouffée de Laopu lui parvint à ce moment-là, disant ces mots :

« Qiuyi, dès demain je vais te chercher un autre foyer ! »

Qiuyi resta ahurie un instant puis elle ouvrit vivement la porte d'un coup de pied et, pointant son doigt vers Laopu, elle s'écria :

« Comme il fallait s'y attendre, tu n'es qu'un minable, et je savais que je m'étais trompée sur ton compte ! »

La bouche de Laopu s'était rapprochée du robinet, il recracha un peu d'eau et dit :

« Je n'ai pas d'autre solution, et puis changer pour un autre endroit, c'est aussi bien. Ce ne sera pas plus commode pour nous deux, non ? »

Qiuyi n'ajouta pas un mot. Elle se mit à ranger ses affaires à toute vitesse puis les fourra sans exception dans une valise de cuir, récemment achetée. Ensuite, devant le miroir de toilette, elle lissa ses cheveux avec un peigne, puis se maquilla légèrement. Laopu, une serviette de toilette autour des reins, apparut et dit :

« Comment, tu t'en vas ? Mais où as-tu l'intention d'aller ?

— Ce ne sont pas tes affaires. Allez, sors ton argent ! »

Laopu, incertain, demanda :

« Mais quel argent ? »

Dans un bruit de claquement, Qiuyi brisa le peigne de bois.

« Tu me demandes de quel argent il s'agit ? Je t'ai tenu compagnie pendant toutes ces journées et tu t'imagines que les putains sont gratuites ? »

Laopu ramassa les morceaux du peigne et les posa sur la table. Il dit :

« Vraiment, cela n'a pas de sens. Il ne s'agit que d'aller s'installer ailleurs. A quoi bon te mettre dans une colère pareille ? »

Qiuyi gardait toujours ses beaux sourcils froncés. Elle donna également un coup de pied à Laopu.

« Tu dois me payer quand même. Tu es mon dernier client, oui, mon dernier client, c'est un chien ! »

Laopu sortit de l'argent de son portefeuille en grommelant, puis il dit :

« Combien veux-tu ? Dis-moi combien, je te le donnerai ! »

A ce moment seulement, Qiuyi se mit à pleurer à gros sanglots. Elle empoigna les billets de banque, les saisit par le milieu et les déchira. Finalement, elle les jeta au visage de Laopu. Elle dit :

« Qui te demande ton argent ? Laopu, est-ce que j'en ai déjà voulu à ton argent ? Tu es un sans-cœur ! »

Laopu esquiva l'attaque de Qiuyi. Il s'assit sur le divan et reprit son souffle, avant de déclarer :

« Mais enfin qu'est-ce que tu cherches ? Puisque tu ne veux pas partir, restons donc tous les deux quelques jours de plus ! »

Déjà Qiuyi avait soulevé sa valise. Elle cria d'une voix perçante :

« Je m'en contrefous ! »

Puis elle se précipita au rez-de-chaussée et tomba nez à nez dans le jardin avec Mme Pu.

Mme Pu, l'air profondément réjouie de son malheur, regardait la valise de Qiuyi. Qiuyi lui envoya un crachat, et lui dit :

« Espèce de vieille hypocrite, je prie pour que tu crèves dans la souffrance ! »

Qiuyi avait pensé tout d'abord retourner chez elle. Le pousse-pousse dans lequel elle avait pris place venait d'arriver dans le quartier où elle avait grandi. De nombreux enfants se poursuivaient dans la rue, par-dessus les amas de charbon, en riant et se chamaillant, alors qu'en l'air l'espace était rempli de vêtements et de couches en train de sécher. Elle flaira comme autrefois l'odeur aigre et familière de la pauvreté et de la crasse. Elle aperçut son vieux père aveugle assis sur le pas de sa porte, en train d'écosser des fèves. Sa tante paternelle, les manches relevées, pêchait des légumes salés dans une jarre. Au-dessus de leurs têtes, il y avait ce toit fait de toile goudronnée qui partait en lambeaux. Un chat s'y trouvait pour l'instant, couché là.

Le tireur de pousse-pousse demanda :

« Mademoiselle, est-ce que vous descendez ? »

Qiuyi fit non de la tête.

« Allons-y, on continue tout droit ! »

Quand ils passèrent devant son père, Qiuyi retira une grosse bague carrée qu'elle portait au doigt, et la jeta dans le bol contenant les fèves. Son père contre toute attente ne s'aperçut de rien. Il continuait à écosser ses fèves avec application, ce qui procura à Qiuyi une souffrance qui lui déchira le cœur. Elle dissimula son visage derrière son mouchoir et dit au tireur du pousse :

« Va, toujours tout droit ! »

Le tireur du pousse demanda :

« Mademoiselle, où voulez-vous aller, en fin de compte ? »

Qiuyi répondit :

« Je te demande d'avancer, alors avance. As-tu peur que je ne paye pas la course ? »

Sur les bords de la route, des champs de colza d'un jaune d'or apparurent, ils atteignaient déjà la campagne à la périphérie de la ville. Qiuyi jeta un regard circulaire sur le paysage de champs qui s'étendait de tous côtés. Au milieu d'une grande forêt de bambous, surgirent les tuiles noires et les murs blancs du temple de l'Admiration de la Lune. Qiuyi se leva et, le montrant du doigt, elle demanda au tireur de pousse :

« De quel genre de temple s'agit-il ? »

Le tireur du pousse-pousse lui répondit :

« C'est un couvent de nonnes bouddhistes. »

Qiuyi, soudain, se mit à rire toute seule. Elle dit :

« Allons-y ! Allons-y gaiement, pour nous faire raser et devenir bonzesse ! »

Qiuyi, sa valise à la main, commença à s'engager dans le bois de bambous. Deux paysannes sortirent du temple où elles étaient allées brûler des bâtonnets d'encens, et fixèrent Qiuyi avec méfiance. L'une d'elles dit :

« Cette visiteuse-là, c'en est une qui est riche ! »

Qiuyi leur rit au nez. Elle se tenait devant la grande porte rouge vermillon du temple et, tournant la tête, elle jeta un coup d'œil à sa silhouette dans une flaque d'eau. Dans la demi-obscurité du crépuscule, à la lueur déclinante du jour, sa silhouette paraissait vulnérable et tendre. Qiuyi se dit pour elle-même :

« Allons-y gaiement, pour nous faire raser et devenir bonzesse ! »

Dans la salle du temple, la fumée d'encens s'enroulait en spirales et les lumignons de résine de pin, dispersés sur l'autel, dispensaient l'unique et faible éclairage. Qiuyi aperçut derrière la niche du Bouddha les visages blafards de deux nonnes, l'une encore jeune et l'autre paraissant très âgée. Celles-ci regardèrent Qiuyi avec impassibilité.

« Cette bienfaitrice désire-t-elle brûler de l'encens ? »

Qiuyi se coula au sein de cette obscurité sans contours, et son corps tendu et épuisé par tous les jours passés, brusquement, dans la salle du temple, se détendit. Sans exprimer de gêne, elle se prosterna sur le tapis de prière, face aux deux nonnes, et leur dit :

« Mes sœurs, recueillez-moi. Je n'ai plus aucun endroit où aller ! »

Les deux nonnes restèrent silencieuses.

Qiuyi leur dit :

« Laissez-moi rester ici. J'ai beaucoup d'argent et je pourrais être votre bienfaitrice ! »

A ce moment-là, celle qui paraissait si âgée se mit à tortiller son chapelet et à réciter à toute vitesse quelques phrases des versets bouddhiques.

La plus jeune, se cachant la bouche, pouffa soudain de rire à la dérobée. Qiuyi releva alors la tête brusquement et, dans ses yeux, se lisaient une anxiété et un désespoir extrêmes. De ses poings, elle se mit à frapper à corps perdu la natte de prière sous ses genoux et elle cria à pleins poumons :

« Etes-vous sourdes ? N'entendez-vous pas que je vous implore ? Laissez-moi devenir nonne, laissez-moi rester ici ! Si vous continuez à vous taire, je vais mettre le feu et brûler ce monastère ! Et personne n'y survivra ! »

Qiuyi ne put oublier la première nuit qu'elle passa au monastère de l'Admiration de la Lune. Elle dormit toute seule, dans une pièce secondaire remplie de bois de chauffage et d'instruments agricoles, une bougie allumée sur le rebord de la fenêtre. Dans la nuit résonnait le vent qui bruissait à travers les bambous de la forêt, et, progressivement, des gouttes d'eau se firent entendre elles aussi, et enfin il plut. Qiuyi se retournait sur elle-même au milieu des bruits de l'orage, elle se disait que le soir précédent Laopu dormait encore sur l'oreiller à ses côtés, et qu'en l'espace d'une nuit à peine, la vanité du monde où l'on se farde se trouvait désormais séparée d'elle et repoussée à l'extérieur de ces murs. Qiuyi pensa que ce monde était retors dans ses changements, et qu'une personne vivant le jour présent n'avait aucun moyen de savoir de quoi demain serait fait. Qui aurait pu imaginer que la Qiuyi du *Xihonglou* serait aujourd'hui dans un couvent ?

Ce ne fut que bien plus tard que Xiao'e entendit dire que Qiuyi s'était fait raser le crâne pour devenir bonzesse. Un jour, Laopu se rendit au camp de travail et rencontra Xiao'e. Ses premiers mots furent justement pour lui annoncer que Qiuyi était entrée au monastère des nonnes bouddhistes. Xiao'e en fut stupéfaite, et elle crut que Laopu blaguait. Laopu ajouta :

« C'est bien la vérité, vois-tu, je viens juste de l'apprendre. Je suis allé la chercher, mais elle n'a pas accepté de me voir. »

Xiao'e resta sans rien dire un moment, et ses yeux avaient rougi. Elle affirma :

« En d'autres termes, tu as sûrement dû traiter Qiuyi de manière injuste, sinon, au grand jamais, elle ne se serait engagée dans cette voie ! »

Laopu, affligé, répondit :

« Ce serait long à raconter, mais moi aussi j'ai eu mes problèmes ! »

Xiao'e répliqua :

« Qiuyi était si bonne pour toi. Ce n'est pas évident qu'une fille de la ruelle des Nuages-Emeraudes ait ce genre de toquade pour un homme. Laopu, est-ce que tu comprends ça ? »

Laopu répondit :

« Je comprends. Il n'y a plus que toi, Xiao'e, à pouvoir aller la raisonner. Qiuyi a toujours écouté ce que tu lui disais. »

Xiao'e se mit à rire amèrement. Elle répondit :

« Laopu, tu recommences à dérailler. Comment voudrais-tu que je sorte pour y aller ? Pour que je puisse sortir d'ici, il faudra compter au minimum six mois, et je dois aussi faire preuve d'une excellente conduite. De plus, je ne suis pas les directives, car je ne peux coudre que vingt sacs de jute par jour. Moi-même je voudrais mourir. »

Tous deux restèrent sans rien dire. Ils s'étaient assis à l'ombre du mirador sur deux grosses pierres. Le droit de visite était limité à une demi-heure. Xiao'e, le visage tourné vers le ciel, regarda le soldat posté sur la tour. Elle dit :

« C'est bientôt l'heure. Laopu, raconte-moi encore des choses sur d'autres sujets. »

Laopu demanda :

« De quoi d'autre veux-tu que je te parle ? »

Xiao'e baissa la tête et regarda les pierres sur le sol. Elle dit :

« Raconte ce que tu voudras, j'ai envie d'entendre n'importe quoi. »

Laopu remarqua avec stupeur le menton pointu et décharné de Xiao'e, et il tendit la main, afin de le caresser avec délicatesse. Il dit :

« Xiao'e, cela fait de la peine de voir à quel point tu as maigri ! »

Les épaules de Xiao'e se relâchèrent tout d'un coup. Pourtant, elle tourna son visage et dit d'une voix faible :

« Je ne fais pas pitié. J'ai agi, et je paye maintenant les conséquences de mes actes. Je n'en veux à personne. »

Laopu apportait à Xiao'e une autre mauvaise nouvelle. La tenancière du *Xihonglou* avait quitté le continent et raflé toutes les affaires laissées là-bas par Xiao'e. Cette dernière lança un regard plaintif à Laopu et demanda :

« Il ne reste pas la moindre chose qui m'appartienne ? »

Laopu réfléchit, puis répondit :

« Dans l'entrée, j'ai trouvé un nécessaire de fard à joues, et on dirait bien que c'est celui dont tu te servais. Je l'ai rapporté à la maison. »

Xiao'e hocha la tête. Elle dit :

« Un nécessaire de fard à joues. Alors garde-le, et prends-en bien soin pour moi ! »

De fait, Xiao'e parvint très rapidement à s'adapter à la vie au camp de travail. Elle avait une très forte faculté d'adaptation. Le travail de couture de ces sacs de jute lui rendit un sommeil excellent. La neurasthénie dont elle avait autrefois souffert disparut sans traitement.

La nuit, pendant leur sommeil, la main de Ruifeng entrait souvent sous sa couverture, palpant et caressant la poitrine et les cuisses de Xiao'e. Xiao'e ne s'en souciait pas et repoussait la main, préoccupée seulement de se rendormir. Une nuit, en rêve, elle vit une énorme main noire, massive et velue, qui effleurait lentement tout son corps de haut en bas. Elle se réveilla en sursaut, le corps trempé de sueur. En fait, c'était une fois de plus la main de Ruifeng qui s'égarait. Cette fois, Xiao'e piqua une colère et pinça férocement le dos de la main de Ruifeng.

« J'interdis qu'on me touche ! Que personne ne s'avise de venir me toucher ! »

Dans l'atelier des sacs de jute, Xiao'e revoyait souvent cette main d'homme flottant devant ses yeux. Parfois, elle restait en l'air, immobile et au repos, parfois, dans cette illusion elle se promenait, pareille à un poisson qui aurait mordillé légèrement les zones les plus réceptives de Xiao'e. Xiao'e continuait à coudre les sacs de jute tout en rougissant jusqu'aux oreilles. Elle ne savait pas à qui appartenait cette main, ni quelle en était la signification. Elle avait seulement vaguement conscience que c'était une ombre laissée par sa vie d'autrefois.

Quand arriva le printemps 1952, on informa Xiao'e que sa période de rééducation par le travail était terminée et qu'elle pouvait quitter le camp pour retourner en ville. A cette nouvelle, elle se sentit toute décontenancée. Son visage émacié et déjà pâle d'habitude blêmit d'un seul coup. Les cadres féminins lui demandèrent :

« Est-ce que par hasard tu ne voudrais pas repartir ? »

Xiao'e dit :

« Non, mais seulement, après ma sortie, je ne sais pas très bien ce qu'il faut que je fasse. J'ai un peu peur. »

La femme cadre qui s'était occupée d'elle lui dit :

« A présent, en gagnant ta vie par ton travail, tu es devenue capable de rentrer dans le droit chemin. Nous pouvons te recommander pour que tu rejoignes le monde du travail, et tu pourras ainsi consacrer tes forces à l'édification de la patrie. »

Elle saisit une pile de listes et lui dit :

« Là-dedans, il y a un grand nombre d'usines qui embauchent des ouvrières. Laquelle veux-tu choisir ? »

Xiao'e feuilleta les listes en y jetant un coup d'œil. Elle répondit :

« C'est incompréhensible pour moi. S'il y a une usine où la vie est moins dure, alors j'irai dans celle-là. »

La femme cadre poussa un soupir et déclara :

« Je m'aperçois que la pensée de gens comme vous n'a pas été rééduquée correctement. Eh bien, tu iras travailler comme ouvrière à l'usine de traitement des bouteilles. Puisque tu as un penchant pour la paresse, tu iras trier des bouteilles. »

Au monastère de l'Admiration de la Lune, les premiers jours, Qiuyi continua comme à son habitude à s'apprêter devant le miroir. Le visage qu'elle y voyait reflété était d'une pâleur extrême, et sur ses lèvres un bouton de fièvre avait fait son apparition. Elle passa la main dans ses cheveux qu'elle chérissait tellement, et songea que, très bientôt, ils seraient détachés de son corps, et que ce qui faisait son charme et sa séduction en tant que femme disparaîtrait avec eux. Cette évocation l'emplissait de frayeur.

La vieille nonne avait déterminé un jour de bon augure, et une heure favorable, pour que l'on rase le crâne de Qiuyi et qu'un autre nom lui soit conféré. Les instruments nécessaires au rasage, entourés d'une étoffe rouge, reposaient sur leur support. La jeune nonne apporta à deux bras un baquet d'eau limpide et se tint sur le côté. Qiuyi regarda sur la tablette rasoirs et ciseaux, et ses deux mains se plaquèrent très fort contre ses cheveux. Soudain, elle se mit à crier d'une voix aiguë :

« Je ne me raserai pas ! J'y tiens trop, à mes cheveux ! »

La vieille nonne répliqua :

« Tu n'as pas rompu tes liens avec le monde des poussières, alors il ne fallait pas venir ici. A présent, va-t'en ! »

Qiuyi rétorqua :

« Je ne veux pas me raser, mais je ne partirai pas non plus ! »

La vieille nonne reprit :

« C'est impossible. Conserver ses cheveux est impropre aux pratiques bouddhistes, et pour se convertir, il faut être rasé. Il est nécessaire que tu fasses un choix. »

Qiuyi, les yeux agrandis de rage, trépigna du pied et dit :

« Très bien, mais il est inutile de m'y forcer, je vais me les couper moi-même. »

Elle s'empara des ciseaux et de l'autre main souleva ses cheveux. Dans un bruissement de lames, la coupe commença aussitôt. Les mèches noires de son épaisse chevelure, en flottant légèrement, tombaient pêle-mêle sur le sol de la salle de prière. Qiuyi, qui s'était mise brusquement à pleurer, en attrapait au vol.

Trois jours après que Qiuyi eut le crâne rasé, Laopu, grâce à ses renseignements, trouva le monastère de l'Admiration de la Lune. Ce jour-là, aucun encens ne brûlait et la porte du monastère était close. Laopu frappa un long moment, et la personne qui sortit pour lui ouvrir fut précisément Qiuyi. Reconnaissant Laopu, elle s'empressa de refermer la porte le plus vite possible. Tandis qu'elle s'appuyait contre le battant, elle ne lui dit qu'un mot :

« Dehors ! »

Laopu n'avait pas compris sur le coup qu'il avait affaire à elle. Le temps qu'il réagisse, il était déjà trop tard. Dans la cour du monastère, Qiuyi disait à qui voulait l'entendre :

« N'ouvrez surtout pas, il y a un voleur dehors ! »

Laopu continua de frapper à la porte, mais à l'intérieur, on n'entendait plus signe de vie. Il se dit qu'il ne fallait pas se résigner et fit le tour du monastère par-derrière, avec l'idée de grimper par-dessus le mur de la cour. Malheureusement, ce mur-là était bien trop élevé pour quelqu'un comme Laopu, et il n'avait jamais encore fait de choses dans ce goût-là, comme escalader un mur ou passer par une fenêtre. Il ne lui restait plus qu'à se remettre à cogner à la porte. En même temps, il commença à pousser de toutes ses forces. Peu à peu, il entendit à l'intérieur le verrou qui bougeait. La porte close s'entrebâilla un tout petit peu, et Laopu essaya d'y glisser la tête. Ses épaules et le reste de son corps restaient bloqués à l'extérieur. Qiuyi se tenait en retrait et fixait froidement du regard la tête de Laopu qui s'introduisait avec peine.

Laopu dit :

« Qiuyi, j'arrive finalement à te revoir. Viens, et repartons ensemble ! »

Qiuyi se cacha le crâne des deux mains, et ce fut pratiquement un geste inconscient de sa part. Laopu forçait de tout son poids dans l'interstice de la porte et cherchait à y faire passer ses épaules. Il dit :

« Qiuyi, ouvre donc la porte, j'ai beaucoup de choses à te dire. Qu'est-ce qui t'a pris de te raser le crâne ? Maintenant, il n'y a plus de danger dehors, tu n'as plus besoin de te terrer quelque part. Mais pourquoi a-t-il fallu que tu te rases le crâne ? »

Une des mains de Laopu réussit à s'immiscer à travers la porte, et à saisir la robe noire de Qiuyi. Qiuyi fit un bond comme si on la brûlait. Elle cria :

« Ne me touche pas ! »

Laopu leva les yeux et, l'air accablé, fixa Qiuyi. Elle cachait toujours le haut de sa tête, et cria d'une voix perçante :

« Ne me regarde pas ! »

La main de Laopu fouettait l'air désespérément, espérant saisir celle de Qiuyi. Les panneaux de la porte faisaient entendre de sinistres craquements sous la poussée. A ce moment, Qiuyi saisit un gourdin derrière la porte et, le levant, hurla à Laopu :

« Fous le camp ! Tu vas me ficher le camp d'ici ! Si tu ne fous pas le camp d'ici pour de bon, je t'abats raide mort d'un coup de bâton. »

Laopu, abattu, se tenait devant le temple de l'Admiration de la Lune, et il entendait Qiuyi à l'intérieur, secouée de sanglots. Laopu lui dit :

« Qiuyi, arrête d'être aussi obstinée, repars avec moi. Si tu veux te marier, on se mariera. Quoi que tu veuilles, je m'y conformerai. »

Mais Qiuyi s'en était déjà retournée dans un bruit de pas. Laopu affrontait un silence de mort, seul le bois touffu de bambous était là qui faisait entendre son bruissement dans le souffle du vent. Au loin, dans une maison du village, un chien aboyait par intermittence. Le monastère de l'Admiration de la Lune n'était distant de la ville que de dix lis, et son atmosphère était bien différente de l'animation citadine. Ce jour-là, Laopu prit intérieurement la décision de rompre les liens affectifs qui l'attachaient à Qiuyi. Il repensa à sa tête coincée dans l'entrebâillement de la porte tandis qu'il implorait Qiuyi, et il sentit en évoquant cette situation combien elle était indigne d'un homme cultivé comme lui. Il songea que le monde était empli de quantité de femmes de choix, alors pourquoi faudrait-il qu'il passe ses journées à se faire du mauvais sang en pensant à Qiuyi ? Elle n'était au bout du compte que l'une des prostituées de la ruelle des Nuages-Emeraudes, et c'était tout.

En 1952, la vie opulente de fils de bonne famille que menait Laopu subit des attaques de nature à la réduire en miettes. Les biens immobiliers de la famille Pu ne lui furent pas laissés par le gouvernement, et les énormes dépôts bancaires transmis de père en fils furent également gelés par les banques. Le moral de Laopu était extrêmement bas et, chaque jour, il se penchait sur son écritoire à la Compagnie d'électricité jusqu'à s'endormir de fatigue. Un jour, il reçut un coup de téléphone de Xiao'e. Elle le prévenait de sa sortie et avait dans l'idée qu'il l'accompagne pour aller rendre visite à Qiuyi. Laopu lui répondit :

« A quoi bon se donner la peine d'aller la voir ? Elle a déjà quitté ce monde plus qu'à moitié. Il vaut mieux que tu viennes me voir car moi, Laopu, bien que cela n'aille pas du tout, je suis bien vivant. »

A la porte d'entrée de la Compagnie d'électricité, Laopu vit arriver lentement Xiao'e depuis le boulevard. Elle portait une tenue de coupe militaire à col Lénine, de couleur bleue, et des chaussures de toile noire à bout rond. Hormis sa façon de marcher et son regard qui se promenait à droite et à gauche, elle ne différait en rien dans son allure de n'importe quelle passante ordinaire. Xiao'e se tenait dans la lumière, face à Laopu, et lui souriait avec grâce. Le premier sentiment de Laopu fut qu'elle était bien plus belle qu'autrefois, au point que son cœur se mit à battre plus fort.

C'était justement l'heure du déjeuner et il l'entraîna vers les rues animées bordées de restaurants. Il lui demanda :

« Xiao'e, préfères-tu un repas occidental ou bien chinois ?

— Un repas occidental. J'ai très envie de manger des côtelettes de porc, de la côte de bœuf, et aussi de la poule au pot. Cela fait deux ans que je n'ai pas pris un bon repas. »

Laopu, tout en riant, fit à plusieurs reprises un signe d'assentiment. Sa main se dirigea vers la poche de son costume occidental et en fouilla nerveusement tous les recoins. Les temps avaient changé, et à présent Laopu était souvent dans l'embarras lorsqu'il s'agissait d'inviter. Quand il eut évalué la somme qu'il avait en poche, il se dit qu'il n'aurait d'autre alternative que de rester lui-même à jeun. Tous deux entrèrent au *Pingouin,* un célèbre restaurant occidental, et au moment de passer commande, il ne prit qu'un plat pour elle et se contenta pour lui d'une eau gazeuse. Xiao'e déroula gaiement sa serviette sur ses genoux, puis elle dit :

« J'en bave d'envie !

— Si tu es contente, c'est tout ce qui compte. Moi, j'ai déjà déjeuné à la Compagnie et je t'accompagnerai en buvant un peu. »

Par la suite, ils en vinrent à parler de Qiuyi. Xiao'e disait :

« Je n'arrive pas à y croire. Comment une fille telle que Qiuyi a-t-elle pu devenir nonne ? C'est quelqu'un qui aime tellement s'amuser. »

Laopu répondit :

« Comment diable le savoir ? Tout a été si bouleversé ! Il n'y a pas une chose qui n'ait pas changé. »

Xiao'e pointa ses couverts sous le nez de Laopu et lui dit :

« Toi, tu es un coureur sans scrupule. Ce n'est que parce qu'elle te détestait qu'elle s'est engagée dans cette voie. »

Laopu ouvrit les deux mains en disant :

« Soit, elle me déteste. Mais moi, qui donc pourrais-je détester ? Aujourd'hui, je subis à mon tour des souffrances, et je ne peux plus m'occuper d'elle. »

Xiao'e se renfrogna un moment, puis elle poussa un soupir et dit :

« Qiuyi fait vraiment pitié. Cependant, ce que tu dis est juste aussi. Actuellement, les gens sont bien forcés de ne penser qu'à eux-mêmes. »

Le garçon vint pour l'addition, et par bonheur ils ne s'étaient pas encore rendus inconvenants. Laopu, n'ayant rien perdu de ses manières, laissa un pourboire. Lorsqu'ils sortirent du restaurant de cuisine occidentale, Laopu tenait Xiao'e par la main. Il pensait à ses ennuis d'argent et ne pouvait s'empêcher d'être assailli par mille sentiments contradictoires. Il lui semblait que le doux rêve qu'il avait connu ne reviendrait plus. Un homme pauvre ne pouvait arriver à rien avec les femmes.

Ils marchaient ainsi tous les deux, chacun absorbé par ses propres inquiétudes, et Laopu raccompagna Xiao'e jusqu'à l'usine de traitement des bouteilles. Xiao'e indiqua du doigt le secteur des usines qui était entouré de haies en bambous, et dit :

« Tu vois, je demeure dans cette usine-là en ruine, et je m'y ennuie à mourir. »

Laopu répondit :

« Après-demain, allons donc dans une salle de bal pour danser ! »

Xiao'e demanda :

« Il reste des salles de danse, aujourd'hui ? »

Laopu répondit :

« On essayera d'en trouver. Je parie qu'il y en a encore en activité. »

Xiao'e esquissa sur place un pas de fox-trot et s'exclama :

« Bon sang, j'ai déjà oublié tous les pas, en si peu de temps ! »

Elle leva la tête et regarda Laopu, repensant soudain à Qiuyi.

« Et Qiuyi, dans l'histoire ? »

Puis elle dit :

« On ferait mieux de ne pas aller danser, d'abord. Tu vas m'emmener voir Qiuyi. »

Laopu fit un signe de dénégation plein de ressentiment.

« Je n'irai pas. Quand j'étais coincé dans cette porte, elle ne m'a pas laissé entrer. Si tu veux y aller, vas-y seule !

— Comment pourrais-je y aller toute seule, je ne connais même pas le chemin. En plus, je n'ai pas d'argent pour lui acheter un présent. Cela ne fait rien si l'on n'y va pas. Allons donc danser dans ce cas. »

Trois jours plus tard, Xiao'e et Laopu se virent de nouveau. Cette fois, Laopu s'était fait prêter de l'argent par un collègue de travail, et il l'avait bien en poche. Ils prirent un pousse, longèrent les rues commerçantes, et tout au long du chemin, ils recherchèrent les endroits les plus animés. Les dancings et les bars avaient déjà été emportés comme des feuilles mortes, et la ville entrait dans la nuit, désolée et solitaire. Sous les néons incomplets et clairsemés des boutiques, il y avait quelques personnes, recroquevillées dans des couvertures, qui couchaient dehors sur le pavé.

Ils passèrent devant le portique qui se trouvait à l'entrée de la ruelle des Nuages-Emeraudes, et des banderoles et des slogans y étaient accrochés. A cet endroit s'étaient massés pour le marché nocturne les vendeurs à l'étalage, et ils étaient juste en train de plier bagage en désordre. Xiao'e montra du doigt l'un d'eux et cria à Laopu :

« Vite, dépêchons-nous d'acheter du *shuijingbao* ! Si l'on tarde encore, on ne pourra pas en avoir. »

Laopu sauta à la hâte, et alla faire l'achat d'un de ces gâteaux faits de fruits confits et de riz. Tout en s'accrochant ensuite au pousse-pousse, il regarda au loin le *Xihonglou* d'autrefois. Le *Xihonglou* avec ses lampions noirs et aveugles, privés de lumière, ressemblait soudain à un décor de cinéma abandonné. Il dit à Xiao'e :

« Xiao'e, est-ce que tu veux y retourner pour jeter un coup d'œil ? »

Xiao'e avait déjà mordu dans une bouchée de *shuijingbao*. Elle répondit, de façon équivoque :

« Non, non, pas question. Si j'y retournais voir, cela me briserait le cœur. »

Laopu réfléchit et dit :

« C'est juste. Ce serait trop navrant d'aller y jeter un œil. »

Ils firent le tour de la ville en quête de dancings, mais finalement se découragèrent. Le gérant d'un dancing qui semblait bien connaître Laopu sortit la tête à la fenêtre de chez lui. Il leur fit des signes de la main, comme s'il chassait des poules, et leur dit :

« Partez ! Partez ! Rentrez chez vous ! A une époque comme la nôtre, vous avez encore le cœur à vouloir danser ? Si vous voulez danser, allez le faire sur votre lit ! Tous les dancings ont été interdits ! »

Laopu, désappointé, retourna sur le pousse-pousse. Il dit à Xiao'e :

« Qu'est-ce qu'on fait ? Comment occuper le temps qui nous reste ? »

Elle répondit :

« Je n'en sais rien, moi non plus. Comme tu voudras. »

Laopu réfléchit, puis il dit :

« Allons danser chez moi. L'endroit où je suis actuellement est en piteux état, il n'y pas de meubles, mais il me reste un pot de café allemand et un phono. Avec cela on peut danser, on pourra tout danser ! »

Xiao'e rit, et dit en faisant une petite moue :

« Alors, allons-y ! Tant qu'on ne tombe pas sur une autre femme, tout va bien ! »

Cette année-là, Laopu avait déménagé plusieurs fois avant de s'installer finalement dans l'ancien garage de la Compagnie d'électricité. Xiao'e se tint à l'entrée. Elle tendit le cou puis jeta un regard à l'intérieur. Elle dit :

« Laopu, je n'arrive pas à croire que tu en sois réduit à ça ! »

Laopu répondit :

« Les choses de la vie sont difficiles à prévoir. Je n'ai pas subi de désastre irrémédiable, et cela, c'est une chance. »

Xiao'e entra et s'assit sur le lit. D'un coup de pied, elle s'était déjà débarrassée de ses chaussures de cuir. Puis elle ajouta :

« Laopu, est-ce bien vrai que tu vis seul ? »

Il tira le rideau de la fenêtre, puis tourna la tête et répondit :

« Mais j'ai toujours vécu seul. Ma mère est partie vivre chez ma sœur aînée. Et je vis encore davantage par moi-même maintenant ! »

Xiao'e, assise sur le lit, feuilletait un magazine de cinéma. Elle leva la tête et regarda Laopu. Lui aussi regardait vers elle, un peu bêtement. Xiao'e se mit à rire et dit :

« Qu'est-ce que tu fabriques à rester planté là, comme un idiot ? Mets de la musique et dansons. »

Laopu répondit :

« Mon phono ne marche plus. »

Elle répliqua :

« Alors fais-nous du café. »

Laopu répondit à nouveau :

« Le fourneau est éteint aussi. »

Xiao'e se couvrit le visage avec son magazine et se mit à rire à gorge déployée. Elle dit :

« Laopu, quel tour me joues-tu ? C'est ainsi que tu m'accueilles ? »

Laopu, en une enjambée, bondit jusqu'au lit et enserra la taille de Xiao'e. Il répondit :

« C'est au lit que j'ai envie de t'accueillir. »

Cela dit, il éteignit la lumière. Dans l'obscurité, Xiao'e utilisa son magazine pour le frapper. Elle dit, le souffle haletant :

« Laopu, ne m'excite pas ! J'ai une dette envers Qiuyi. »

Il rétorqua :

« Quel rapport cela a-t-il ? Et puis, maintenant, c'est chacun pour soi. »

Le corps de Xiao'e se laissa progressivement aller en arrière, et ses doigts s'agrippèrent avec expérience au dos de Laopu. Elle dit :

« Laopu, ah ! Laopu ! Comment aurai-je le front d'aller voir Qiuyi ? »

Aussitôt, Laopu, de sa langue sèche et rugueuse, prit le contrôle des lèvres de Xiao'e. Puis tous deux s'enlacèrent dans l'obscurité.

A l'usine de traitement des bouteilles, il y avait en tout une vingtaine d'ouvrières et, parmi elles, une moitié au moins étaient des filles de l'ancienne ruelle des Nuages-Emeraudes. Elles avaient pris l'habitude de se réunir entre elles, à l'écart des autres ouvrières qui venaient de foyers ordinaires. Le travail était extrêmement simple : il s'agissait de trier, dans un amoncellement de bouteilles qui formait une petite montagne, celles qui étaient en bon état, de bien les nettoyer à l'eau puis de les sécher. Ensuite, elles étaient expédiées au-dehors pour être à nouveau utilisées. A ce moment-là, les gens étaient loin d'être habitués à ce mode d'industrie artisanale, et beaucoup appelaient ces usines de traitement des bouteilles les « ateliers des prostituées ».

La tâche de Xiao'e consistait à bien rincer à l'eau les bouteilles. Tenant à la main un petit écouvillon, elle le rentrait par le goulot et en suivant les parois, elle le faisait tournoyer à l'intérieur. Ensuite, elle vidait l'eau qui s'y trouvait et recommençait. Une bouteille verdâtre ou d'un brun foncé devenait alors soudain propre et lumineuse. Xiao'e répétait indolemment cette tâche. D'un côté, elle trouvait cela particulièrement inintéressant, mais de l'autre, elle savait clairement qu'il n'y avait pas au monde de travail permettant d'économiser sa peine davantage. Elle touchait chaque mois quatorze yuans de salaire, et cela lui permettait tout juste de gagner sa vie. La première fois qu'elle perçut son salaire, Xiao'e fut particulièrement stupéfaite. Elle s'exclama :

« A quoi pourrait bien suffire une si petite somme ? »

La responsable de l'usine, s'en prenant alors à elle, lui dit sans détour :

« Que comptes-tu donc en faire ? Naturellement, ce n'est pas autant que ce que tu recevais autrefois, mais c'est de l'argent gagné proprement et celui-là, il peut s'utiliser la conscience tranquille. »

Xiao'e, piquée au vif, répliqua :

« Qu'est-ce que ça veut dire, ça ? Propre ? Sale ? L'argent, c'est l'argent. Et les gens, ce sont les gens ! D'ailleurs, les gens propres veulent s'en servir et les gens dégueulasses veulent en avoir aussi ! Qui n'aime pas l'argent ? »

La responsable de l'usine, pleine de dégoût, jeta un regard en coin à Xiao'e. Puis, désignant du doigt les autres ouvrières, elle déclara :

« Elles aussi, elles touchent cette modique somme. Et comment font-elles pour réussir à se débrouiller, à ton avis ? »

Xiao'e décida de ne plus répliquer. Elle empoigna la somme d'argent et sortit, frémissante. Dès qu'elle eut franchi la porte, elle se mit à tempêter :

« Un vrai bouquet de pustules, cette Grêlée ! C'est écœurant ! »

La responsable de l'usine avait effectivement le visage marqué par la petite vérole et Xiao'e considérait depuis toujours ces gens-là comme rusés et vicieux. Souvent, elle tournait en dérision le visage grêlé de la responsable de l'usine, derrière son dos, mais on ne sait comment, cela arriva un beau jour aux oreilles de l'intéressée. Sa colère fut telle qu'elle commença à pilonner Xiao'e en lançant des bouteilles dans sa direction. C'était une femme originaire du Shandong, au corps massif et robuste. Elle se précipita vers le groupe des ouvrières, d'où elle extirpa Xiao'e, puis, la saisissant fermement par les cheveux, elle l'envoya cogner contre la haie en bambous. Elle dit à Xiao'e :

« J'ai le visage grêlé, c'est exact. Et c'est dans l'ancienne société que cela m'est arrivé. Lorsque j'ai attrapé la variole, je n'avais pas d'argent pour me faire soigner. Toi, tu as un charmant petit minois, mais tu n'es qu'une putain ! Par-dessous, tu es tellement salie qu'il en sort des vers ! Alors, comment as-tu le front de te moquer des autres ? »

Xiao'e comprit qu'elle s'était mise dans de sales draps, et elle laissa la directrice de l'usine, folle de rage, lui cogner la tête contre la haie de bambou. Un déluge de larmes se répandit le long du visage de Xiao'e. Les ouvrières s'approchèrent en désordre pour arrêter la directrice, mais Xiao'e leur dit :

« Ne vous en mêlez pas ! Laissez-la me frapper à mort, de toute façon, je ne tiens plus à vivre ! »

Cette nuit-là, Xiao'e retourna au garage de Laopu. Dès qu'elle le vit, elle se jeta contre lui et se mit à pleurer. Laopu lui demanda :

« Xiao'e, qu'est-ce que tu as ? »

Elle répondit en sanglotant :

« La Grêlée m'a battue. »

Laopu demanda à nouveau :

« Mais pourquoi t'a-t-elle battue ? »

Xiao'e lui dit :

« Je l'ai appelée “la Grêlée” derrière son dos. »

Laopu laissa échapper un gloussement.

« Mais pourquoi fallait-il que tu te moques de ça, et dans son dos ? Tu ne comprends vraiment rien, ici tu n'es plus au *Xihonglou.* C'est différent, et il ne faut plus en faire à ta tête, sinon, tu auras des ennuis. »

Xiao'e continuait à laisser couler ses larmes. Elle dit :

« La mère maquerelle, elle, ne m'a jamais battue. Et les clients ne m'ont jamais battue non plus. Même ceux du camp de rééducation ne l'ont pas fait. Et il a fallu que je sois frappée par cette Grêlée, alors comment veux-tu que cela ne me reste pas en travers de la gorge ? »

Laopu lui demanda :

« A quoi penses-tu maintenant ? »

Xiao'e accrocha ses mains au col de Laopu et lui dit :

« Laopu, je m'appuie sur toi pour tout. Si tu veux m'aider à me débarrasser de l'humeur où je suis, alors va lui donner une raclée ! »

Laopu eut un rire forcé.

« Je n'ai jamais frappé personne. Et j'irais encore moins battre une femme. »

Le ton de Xiao'e changea. Elle le fixa d'un air affligé en disant :

« Ce brave Laopu, n'est-ce pas ? Tu supportes bien de me voir souffrir et maltraitée. Laopu, es-tu un homme, oui ou non ? Si tu l'es, alors ne fais pas l'innocent avec moi, et demain, va lui donner une correction ! »

Laopu répondit :

« Bon, c'est entendu. Je vais chercher quelqu'un qui puisse le faire. »

Xiao'e cria à nouveau :

« Ça ne marche pas, je veux que ce soit toi qui la battes. Il n'y a que si tu lui donnes toi-même cette correction que cela m'apaisera. »

Laopu répliqua :

« Xiao'e ! Tu sais vraiment t'y prendre pour manipuler les autres ! C'est bon, tu as gagné. »

Laopu trouvait que l'idée de Xiao'e n'avait tout simplement aucun sens. Pourtant, le lendemain, il était quand même embusqué devant l'usine de traitement des bouteilles pour agresser la femme au visage grêlé. Il était habillé d'un coupe-vent, portait son masque de coton et, planté là, il attendit un très long moment. Il vit sortir une femme dont le visage était entièrement marqué par la petite vérole. Lorsqu'elle se tourna pour refermer la porte à clef, Laopu alla au-devant d'elle. Il lui dit :

« Excusez-moi. »

La femme tourna la tête et, à ce moment précis, il lui porta un coup en pleine figure. Elle se mit à hurler d'une voix perçante :

« Mais qu'est-ce qui vous prend ? »

Laopu répondit :

« Ne criez pas pour rien, c'est fini ! »

Il lui pinça encore les fesses, puis s'enfuit en courant. Derrière lui, la femme se mit à crier :

« Voyou ! Rattrapez-le ! »

Il tressaillit et courut à toutes jambes en direction d'une ruelle. Par bonheur, les rues étaient désertes, mais si quelqu'un l'avait rattrapé, il se serait trouvé dans une situation bien embarrassante. Un peu plus tard, il fit une halte afin de reprendre son souffle, et songea que tout cela paraissait complètement absurde. Il n'aurait sans doute pas dû pincer les fesses de la femme grêlée. En effet, cela pouvait facilement mal s'interpréter, comme si lui, Laopu, se trouvait là à surveiller l'entrée dans un but peu avouable. Il se prit à songer, avec un peu de pitié pour lui-même, qu'à vouloir fréquenter les femmes, il avait souffert la majeure partie de sa vie.

Laopu retourna à son garage et vit que la porte en était entrebâillée, Xiao'e était allongée sur le lit, en train de couper les ongles de ses pieds, et dès qu'elle l'aperçut, elle se recroquevilla immédiatement et se faufila sous la couverture. Elle lui demanda :

« Où es-tu allé courir, toi mon galant homme ? »

Laopu lui répondit :

« Voyons ! N'est-ce pas toi qui m'as demandé de soulager ta colère ? Je suis allé donner une correction à cette femme grêlée. Et je l'ai si bien corrigée qu'elle en a le visage en compote et qu'elle est restée sur le carreau. »

Xiao'e se mit à glousser. Elle lui dit :

« Laopu, tu prends tout au pied de la lettre ! En réalité, je voulais tout simplement tester ton amour pour moi. Qui te demandait d'aller la frapper pour de vrai ? »

Laopu resta cloué sur place, à écouter Xiao'e qui riait comme une folle, riait à perdre haleine. Il se demandait comment il avait pu se faire abuser à ce point et fut sur le point de lui faire une scène. Tout en la maudissant intérieurement, il lâcha :

« Merde ! Espèce de folle à lier ! »

Xiao'e avait fini de rire, et elle tapota sur la couverture pour l'inviter en disant :

« Viens donc. A présent, c'est à mon tour d'apaiser ta fureur. »

Le visage de Laopu s'était fermé, tandis qu'il s'avançait et soulevait la couverture. Découvrant que Xiao'e était nue depuis longtemps, il se mit à lui pétrir le corps avec rage, et, se mordant les lèvres, il dit :

« Regarde comme je vais te corriger ! Aujourd'hui, je vais t'en faire voir de toutes les couleurs ! »

De ses doigts recourbés, Xiao'e suivait la ligne du nez de Laopu. Elle lui dit :

« J'ai bien peur que tu n'en sois pas capable. »

La pâle lumière jaune qui baignait tout l'intérieur du garage s'estompa peu à peu jusqu'à disparaître, puis tout fut dans l'obscurité. Il flottait dans l'air un parfum indéfinissable, sucré et fétide. Aucun des deux ne consentait à sortir du lit lorsqu'il y eut soudain le bruit de quelque chose qui venait frapper contre la fenêtre. Laopu bondit hors du lit et souleva le rideau pour jeter un coup d'œil. Deux gamins s'amusaient à lancer des cailloux. Laopu, se couvrant la poitrine, lâcha un juron.

« Ils m'ont fait sursauter de peur ! J'ai bien cru qu'il s'agissait de quelqu'un qui venait nous surprendre au lit. »

Xiao'e, depuis le lit, demanda :

« Qui est-ce ? Ce n'est pas Qiuyi ? »

Laopu répondit :

« C'étaient deux gosses. »

Xiao'e sauta au bas du lit et alla uriner dans une cuvette.

Laopu lui cria :

« Mais, c'est ma cuvette pour me laver ! »

Xiao'e accroupie lui rétorqua :

« Qu'est-ce que ça peut faire ? Je vais tout de suite la vider, et puis voilà. »

Elle la vida dans la rigole d'écoulement qui servait pour la réparation des voitures. Laopu se remit à crier :

« Aïe ! Bon sang ! Tu en as renversé sur mes chaussures de cuir ! »

Ses souliers, jetés là, se trouvaient tous les deux dans la rigole. Laopu courut les retirer, mais ils étaient déjà mouillés tous les deux. Il les lança avec colère contre un pan de mur.

« Qu'est-ce que tu as dans la tête ? Tu peux me dire comment je vais faire pour m'habiller demain ? »

Xiao'e lui dit :

« Achètes-en une nouvelle paire en cuir, voilà tout. »

Laopu lâcha un rire amer.

« Tu en parles bien à ton aise ! Moi je n'ai plus de quoi me payer un repas, alors où trouverais-je de l'argent pour acheter des chaussures en cuir ? »

Xiao'e s'aperçut que Laopu était réellement en colère, et elle-même n'était pas fière. Elle fit la moue et dit :

« Laopu, es-tu un homme, oui ou non ? A cause d'une paire de souliers, tu te mets dans une colère pareille contre moi ! »

Puis elle s'assit là et ne bougea plus.

Déprimé, Laopu alluma la lumière et s'habilla. Il vit que Xiao'e avait les épaules enroulées dans la parure d'oreiller et qu'elle lui tournait le dos, comme si elle allait se mettre à pleurer. Il se dit qu'il n'avait jamais le dessus avec les femmes. Il passa près d'elle et l'aida à mettre sa jupe, et ce n'est qu'à ce moment que Xiao'e sourit à travers ses larmes.

« J'ai faim, lui dit Xiao'e. Et comme j'ai faim, sortons manger ! »

Laopu lui demanda :

« Mais où aller manger ?

— Allons dans un restaurant sichuanais, tu es d'accord ?

— Sortons. On décidera après. »

Laopu tira son bracelet-montre en or de dessous l'oreiller, et dit en soupirant :

« Je me demande combien d'argent je peux en tirer. »

Xiao'e lui demanda :

« Tu veux échanger ta montre en or ? »

Laopu répondit :

« J'y suis forcé. Je n'ai plus un sou en poche. Mais n'en parle surtout à personne, car si tu le faisais, cela me ferait perdre mon honneur. »

Xiao'e fronça les sourcils et répondit :

« C'est vraiment trop dommage. Il vaut mieux sauter ce repas et rester le ventre vide. »

Laopu lui prit les mains en disant :

« Sortons, allons-y ! Ne regarde pas à la dépense. Moi, Laopu, j'ai toujours profité de la vie au jour le jour ! Peu importe demain ! »

Ils sortirent tous les deux du garage en bavardant. Au-dehors, sur le sol boueux, des flaques d'eau s'étaient formées. Il y avait eu un orage, mais de la pièce où ils se trouvaient, ils ne s'étaient rendu compte de rien. Le vent qui soufflait vers eux était déjà automnal. Xiao'e serrait ses bras autour de ses épaules, elle fit quelques pas, puis s'arrêta tout net. Laopu lui demanda :

« Qu'y a-t-il encore ? »

Xiao'e levait la tête pour regarder les arbres qui bordaient le chemin, et son regard ne croisait, sur les branches de ces arbres, que le vide sombre et bleuté de la nuit. Elle dit à Laopu :

« Le temps s'est rafraîchi. Il va nous falloir passer un autre hiver. »

Il répondit :

« Que peut-on y faire ? L'automne a toujours laissé place à l'hiver. »

Xiao'e dit à nouveau :

« J'ai peur. Comment vais-je endurer l'hiver toute seule dans mon dortoir ? Il n'y a pas de poêle et je n'ai pas de robe doublée non plus. Comment vais-je traverser cet hiver ? »

Laopu répondit :

« Tu as peur du froid, ça ne fait rien. Je saurai te réchauffer. »

Elle jeta un regard vers lui et dit en baissant la tête :

« A présent, c'est la société nouvelle. Nous sommes toujours ensemble, mais nous restons séparés par nos noms, ce n'est pas bien. Laopu, prends-moi pour épouse ! »

Il resta hébété un instant, puis lui dit :

« Le mariage c'est bien, c'est vrai, mais j'ai peur de ne pas pouvoir réussir à te faire vivre. Au moment où j'aurais dû me marier, je ne pensais pas à le faire, et maintenant que j'y pense, je ne devrais pas le faire. Ne sais-tu pas qu'aujourd'hui je ne suis qu'un pauvre hère ? »

Xiao'e esquissa un sourire et vint prendre les mains de Laopu.

« Une femme comme moi ne peut faire autrement que d'épouser un pauvre hère. Pas vrai ? »

Pendant les dernières journées de cet automne-là, Laopu, pour son mariage avec Xiao'e, fit la navette entre la famille et les bons amis avec pour unique objectif de réussir à leur emprunter de l'argent. Il accéda au désir de Xiao'e d'organiser une cérémonie de mariage décente, et de louer une cour d'habitation unique à une seule entrée. D'autre part, après leur mariage, Xiao'e ne voulait plus retourner travailler à l'usine de traitement de bouteilles, et tout cela nécessitait de l'argent. Le plus important de tout étant qu'elle se trouvait déjà enceinte. Laopu se souvenait confusément que quelqu'un lui avait dit un jour qu'il n'y avait que les hommes particulièrement robustes qui pouvaient engrosser les filles de la ruelle des Nuages-Emeraudes. Et cela lui procurait une certaine fierté.

Il n'y eut pas grand monde qui consentit à prêter de l'argent à Laopu. Ceux de la parenté, ou bien réagissaient de façon glaciale, ou bien prétendaient être sans ressources. Laopu connaissait le discours sous-entendu de ces gens-là. Ta famille renommée a connu des revers, et toi tu n'es qu'un débauché. Consentir à te prêter de l'argent reviendrait à jeter des lingots d'or dans l'eau pour s'amuser à y faire des ronds. Or, nous ne sommes pas prêts à nous amuser de la sorte. Là-dessus, il prenait congé, embarrassé, laissant sur la table la boîte de gâteaux qu'il avait apportée.

Laopu n'acceptait pas de se résigner, même abattu par la détresse et la misère, et il conservait néanmoins son style et son allure de toujours. Simplement, au fond de lui-même, il regrettait en secret la dégradation du sentiment de solidarité, et il songeait que, du temps où la famille Pu était prospère, ces gens-là ne rêvaient que de venir lui lécher les bottes. Alors qu'aujourd'hui, comme l'on fait pour se débarrasser du génie de la Peste, tous le fuyaient.

Il ne restait plus à Laopu qu'à franchir encore un pas supplémentaire. Il irait quémander du soutien auprès de sa mère. Au départ, il ne pensait pas venir la troubler, et puis, pour rien au monde, Mme Pu n'aurait consenti à ce mariage avec Xiao'e. Mais les choses étant ce qu'elles étaient, il se voyait dans l'obligation d'aller abattre ses cartes devant elle, et c'est la raison pour laquelle, emportant une nouvelle fois un cadeau avec lui, il se rendit chez sa sœur.

Mme Pu, effectivement, entra dans une colère sans nom. Pointant son doigt sous le nez de Laopu, elle lui dit :

« C'est à croire que tu voudrais me voir mourir de colère ! Mais comment, sans aucune raison apparente, un fils de la haute société a-t-il pu se compromettre à ce point avec deux putains ? Je ne saurais te donner le moindre argent. Alors, autant que tu t'empares ouvertement de cette vieille vie qui est la mienne, et que tu repartes avec ! »

Laopu s'efforça patiemment de la raisonner. Il lui dit :

« Xiao'e est une femme bonne. Aussi, lorsque nous serons mariés, les choses pourront-elles s'arranger. »

Elle lui rétorqua :

« Même si cela s'arrangeait, elle resterait une putain. Tu crois vraiment qu'avec une fille de ce genre, les choses pourraient bien se passer ? »

Laopu lui répondit :

« Mère, cette fois, je viens vous supplier. Xiao'e est déjà enceinte. »

Mme Pu se mit à renifler de dédain.

« Elle est enceinte ? Eh bien ! On peut dire qu'elle n'a pas manqué d'habileté ! Et il faudrait compter sur une putain pour que les cierges et l'encens continuent de brûler sur l'autel des ancêtres de la famille Pu ? »

La colère de Laopu était déjà telle que son visage avait viré au cramoisi. Il dit d'une voix rauque :

« Je suis aux abois et ne peux plus reculer. Faut-il donc que je me mette à genoux pour venir vous supplier ? »

A la fin de leur rencontre, Mme Pu effondrée dans un fauteuil en rotin pleurait toutes les larmes de son corps. Laopu regardait avec une pointe de dégoût le visage éploré et brisé de sa mère. Il pensa : A quoi bon tout cela ? Moi, Laopu, je ne suis ni un assassin ni un incendiaire, je ne veux que me marier avec Xiao'e de la ruelle des Nuages-Emeraudes. Pourquoi n'est-ce donc pas tolérable d'épouser une prostituée ? Laopu songea qu'il était tombé amoureux de Xiao'e et que personne ne pouvait y faire quoi que ce soit.

Mme Pu, au bout du compte, donna à Laopu une boîte à tabac en métal. Dans cette boîte étaient rangés cinq lingots d'or. Puis elle regarda froidement son fils.

« C'est tout ce que la famille Pu possède encore. Emporte-les pour finir de te perdre. Mais lorsqu'ils seront épuisés, ne viens plus me trouver. Je n'ai plus de fils désormais. »

Laopu saisit la boîte et la fourra dans sa sacoche. Il fit un sourire à sa mère et lui dit :

« Vous ne souhaitez plus me voir, eh bien, je ne viendrai plus. De toute façon, je ne veux plus, pour ma part, me faire encore materner. »

Au cours de l'hiver 1953, le repas de noce de Laopu et Xiao'e se déroula dans un grand restaurant réputé qui servait de la cuisine du Sud. Bien qu'aucun membre des deux familles ne fût présent, le banquet n'en était pas moins rempli de convives.

Laopu avait invité tous ses collègues de la Compagnie d'électricité et Xiao'e avait prié toutes ses amies du temps de la ruelle des Nuages-Emeraudes de venir. La noce fut particulièrement fastueuse, et cela tenait davantage à une minutieuse préparation qu'à la force des coutumes. Laopu était pleinement conscient, en effet, que ce serait pour lui l'ultime occasion de réjouissance.

Ses collègues de la Compagnie d'électricité remarquèrent que, pendant qu'il les faisait profiter de toutes ces largesses, et durant tous ces toasts qu'ils portèrent, le front de Laopu était marqué par un profond tourment. Xiao'e, pour sa part, les épaules vêtues d'un crêpe de mariée, déambulait le visage radieux parmi les invités, et la beauté de ses traits et l'élégance de sa grâce faisaient se pâmer les gens d'admiration.

Tous avaient connaissance du passé de Xiao'e, mais, après une analyse objective et une fois les présomptions surmontées, tout semblait en fait parfaitement rationnel. Les noces étant depuis toujours l'occasion de réjouissances, celles-ci dissimulèrent les paroles graveleuses des hommes, et la tristesse cachée des femmes. Les anciennes prostituées du temps de la ruelle des Nuages-Emeraudes avaient depuis longtemps noté la transformation des rondeurs de Xiao'e. Elles lui dirent en jouant sur les mots :

« Xiao'e, tu es comblée par la fortune ! »

Xiao'e continuait à s'entretenir avec ses invités masculins et féminins, sans hâte et avec beaucoup de charme. C'est à ce moment qu'un serviteur, portant un paquet enveloppé dans une étoffe rouge, se présenta soudain devant elle. Il lui dit :

« Il y a une nonne qui est venue pour vous offrir ceci. Elle a dit que c'était votre cadeau de mariage. »

Xiao'e reçut le paquet des mains du serveur et l'ouvrit pour y jeter un coup d'œil. A l'intérieur, se trouvait un écrin à bijoux qu'elle entrouvrit à son tour. Il contenait un bracelet décoré de dragons et de phénix. Le nom de Qiuyi gravé sur le bracelet lui sauta tout à coup aux yeux. Son visage pâlit d'un seul coup, et elle demanda au serveur d'une voix tremblante :

« Et cette personne, où est-elle ? »

Le serveur lui répondit :

« Elle est partie. Elle a dit qu'elle n'avait pas été invitée. »

Xiao'e, dégageant son crêpe de mariée, se mit alors à courir en direction de la sortie de l'établissement. De sa bouche, s'échappaient ces cris sans cesse répétés :

« Ma bonne Qiuyi ! Toi, toi ma sœur ! »

Les convives, ne sachant pas ce qui passait, se levaient en chœur pour regarder la scène. Laopu leur fit des signes de la main en disant :

« Ce n'est rien. Il s'agit tout simplement de sa sœur qui est arrivée de la campagne. »

Sur les côtés se trouvaient des invitées qui étaient dans la confidence. Elles cachaient leur sourire de la main, et demandèrent à Laopu à voix haute :

« Il s'agit de Qiuyi, n'est-ce pas ? »

Il leur répondit en rougissant légèrement :

« Oui, c'est Qiuyi. D'ailleurs, comme vous le savez, elle est entrée au monastère. »

Xiao'e sortit du restaurant à sa recherche et elle l'aperçut, vêtue d'une robe noire, qui se tenait de l'autre côté de la rue sous un lampadaire. Au moment où Xiao'e accélérait le pas pour traverser la rue, elle put voir Qiuyi qui, de son côté, s'enfuyait, sa robe noire froufroutant dans le vent. Xiao'e s'arrêta alors au milieu de la chaussée et elle cria à son intention :

« Qiuyi, ne t'enfuis pas ! Ecoute ce que j'ai à te dire ! »

Qiuyi resta sur place sans lui faire face, et répondit :

« Retourne à ton banquet de noces ! Et ne me dis surtout rien ! »

Xiao'e la poursuivit encore quelques enjambées, puis elle s'arrêta net. Cachant son visage dans ses mains, elle éclata en sanglots. Elle dit à Qiuyi :

« Qiuyi, pourquoi ne t'emportes-tu donc pas contre moi ? C'est toi qui devais te marier avec Laopu à l'origine. Pourquoi ne me maudis-tu pas ? »

Qiuyi se tenait devant un magasin de parapluies, et elle regardait à distance Xiao'e en pleurs, son visage exprimant un extrême détachement. Elle attendit que Xiao'e ait fini de pleurer et qu'elle relève la tête pour lui répondre :

« Est-ce que ça vaut la peine de se mettre à pleurer pour ça ? Les hommes ne manquent pas en ce bas monde, et par-dessus le marché Laopu n'est pas unique en son genre. Mes cheveux n'ont pas encore repoussé comme il faut et donc il n'est pas encore temps pour moi de sortir pour me faire épouser. Je ne souhaite qu'une seule chose, c'est que tu fasses la promesse de vivre comme il se doit avec Laopu. Il est bon avec toi, et tu dois être bonne pour lui. »

Xiao'e, contenant ses larmes, acquiesça de la tête, puis elle s'aperçut que Qiuyi était entrée dans la boutique de devant et avait acheté un parapluie. Qiuyi l'ouvrait et le refermait, et elle se disait à elle-même :

« J'achète ce parapluie pour quoi donc ? Il ne va pas se remettre à pleuvoir. Pour quelle raison est-ce que je viens de l'acheter ? »

Tout en se parlant ainsi à elle-même, elle le lança à Xiao'e.

« Prends-le ! Ce parapluie, je vous l'offre également ! Ainsi, s'il se met à pleuvoir, vous vous abriterez dessous, sous ce parapluie qui vient de moi. »

Xiao'e le tint dans la paume de ses mains et elle répondit :

« Qiuyi, toi qui es comme ma sœur, reviens donc ! J'ai tant de choses à te dire. »

Dans le regard de Qiuyi brilla alors une lueur froide, une lueur qui devint très vite acérée et féroce. Elle fixait du regard le ventre de Xiao'e, et eut en même temps un rire glacial :

« Tu es enceinte de la semence de Laopu, n'est-ce pas ? On peut dire que toi, tu ne perds pas de temps pour agir ! »

Xiao'e éclata une nouvelle fois en sanglots.

« Je n'y suis pour rien. C'est lui qui m'a entraînée. »

Qiuyi cracha avec force.

« C'est lui qui t'y a entraînée, ou bien ne serait-ce pas plutôt toi ? Ne me prends pas pour une idiote, tu crois que je ne te connais pas encore, Xiao'e ? Tu es une petite pute de nature, voilà ce que tu es. Même si l'on te battait à mort, tu serais bien incapable de changer. »

A l'extrémité de la rue, la robe noire de Qiuyi se fondit rapidement dans l'épaisseur de la nuit. Il sembla à Xiao'e que tout s'était passé comme dans un rêve. Laopu et elle avaient rapidement oublié tous les deux le souvenir de Qiuyi. Peut-être était-ce volontaire, ou peut-être était-ce parce que cela valait mieux. Les hommes parfois sont comme des diligences. Toutes les femmes veulent monter à leur bord, et une fois qu'elles y sont installées, ce qui compte en premier c'est de parcourir de la distance au plus vite. Xiao'e pensait que Qiuyi n'aurait pas dû lui en vouloir ainsi, car lui en vouloir ne servait à rien. A présent, ils étaient déjà mari et femme. Le parapluie à la main, elle retourna vers le restaurant. Elle aperçut Laopu et quelques-uns des invités qui se tenaient à l'entrée. Alors, elle remit en ordre sa coiffe et sa mantille et dit en leur adressant un sourire :

« Continuons la fête, je l'ai raccompagnée. »

Ce fut en arrivant à la porte du restaurant qu'elle réalisa soudain qu'avec ce parapluie dans sa main, quelque chose clochait. « Parapluie » et « disperser », cela sonnait pareil en chinois. Quelle signification cachée cela pouvait-il avoir d'en offrir un pour un mariage ? Etait-ce un mauvais sort que Qiuyi avait jeté pour que leur mariage se disperse rapidement ?

Xiao'e réfléchissait de la sorte lorsqu'elle lança soudain le parapluie qu'elle avait toujours à la main sur la chaussée. Elle vit passer un camion, et, sous sa roue, le parapluie fut broyé et démantibulé en mille morceaux, en émettant une plainte étonnamment distincte : Pii-paa !

L'appartement avait été pris en location et Laopu et Xiao'e habitaient deux pièces à l'étage inférieur, tandis qu'à l'étage du dessus résidait le couple qui était propriétaire. Il s'agissait d'un couple de chanteurs de *pingtan* [1] qui dès le matin de bonne heure faisaient leurs exercices de vocalises. L'homme jouait du luth en forme de lune, le *yueqin*, tandis qu'elle l'accompagnait au *pipa.* Souvent, ils chantaient ensemble le prologue de la ballade *S'engouffrant dans la forêt à l'approche de la nuit.* Laopu tout comme Xiao'e étaient de ceux qui aiment à faire la grasse matinée, et chaque jour ils étaient assommés par ces clameurs. Or, comme il n'aurait apporté rien de bon de se mettre en colère, ils se résignèrent à y prêter l'oreille. Par la suite, tous deux se mirent à échanger leurs commentaires. Xiao'e disait :

« M. Zhang ne chante pas mal du tout, écoute donc comme son timbre de voix est clair. »

Laopu rétorquait :

« Mme Zhang chante mieux, et son chant possède un charme certain. »

Xiao'e donnait un coup de coude à Laopu, et lui disait :

« Elle chante mieux, alors écoute-la donc tout ton soûl. »

Laopu rétorquait :

« Eh bien toi, écoute-le chanter lui, tant que tu voudras. »

Tous les deux, ils se mettaient brusquement à rire, comme s'ils nourrissaient chacun quelques desseins inavoués.

---

1. *Pingtan* : contes et ballades chantés en dialecte de Suzhou.

Au bout d'un certain temps, Laopu remarqua quelque chose de louche dans le regard de M. Zhang. Il le laissait toujours traîner sur les parties du corps de Xiao'e qu'il n'aurait pas dû regarder, et, lorsqu'elle allait dehors vider les crachoirs, il sortait à sa suite pour prendre son journal. Une fois, Laopu vit sa main s'attarder sur les fesses de Xiao'e, pendant cinq secondes au moins, et il ne sut pas comment réagir. Xiao'e gloussait de rire. Laopu ressentit au fond de lui-même une désagréable impression de malaise, comme s'il était assailli par un essaim de mouches. Quand Xiao'e revint, Laopu, livide, se mit à la presser de questions.

« Qu'est-ce que tu trafiquais avec M. Zhang ? Tu crois que je n'ai rien vu ? »

Xiao'e lui dit :

« Ne sois pas bêtement jaloux, voyons, il m'a simplement raconté l'une de ses blagues. M. Zhang adore raconter des histoires drôles. »

Laopu renifla avec mépris.

« Des histoires drôles ? Qu'est-ce qu'il peut bien connaître comme histoires drôles ? »

Xiao'e répondit en pouffant de rire :

« Des blagues vraiment cochonnes ! Tu sais, j'ai cru que j'allais en mourir de rire. Est-ce que tu veux les entendre ? »

Laopu lui dit :

« Je ne veux pas. Personne n'a envie d'entendre ses blagues. Je te préviens, ne va pas trop loin avec lui, sinon je ne serai pas commode. »

Xiao'e, en le regardant avec l'air d'avoir subi une injustice, répondit :

« Où veux-tu en venir à la fin ? Je suis à toi depuis bien longtemps. Et il est inutile d'ajouter que je traîne mon corps en ce moment, alors comment diable pourrais-je aller coucher avec lui ?

— C'est encore une chance que ton ventre soit aussi arrondi, sinon, eh bien, tu l'aurais déjà fait depuis longtemps. Et comme, d'autre part, je suis à la Compagnie du matin jusqu'au soir, il n'y a rien de plus pratique pour que vous puissiez faire vos petites affaires en douce. »

Xiao'e était abasourdie et elle resta clouée sur place un moment. Puis, tout à coup, elle commença à pleurer, et courut chercher une corde qui se trouvait derrière le lit. Trépignant du pied, elle annonça :

« Laopu, tu m'accuses de manière injuste, et je vais me tuer pour te le prouver. »

Laopu, effrayé par la gravité de la situation, se précipita aussitôt pour lui prendre la corde, et il la jeta par la fenêtre.

Xiao'e resta en état de choc toute la journée, et Laopu dut demander un congé afin de pouvoir rester à la maison auprès d'elle. Voyant qu'elle pleurait à fendre l'âme, il la prit dans ses bras et la porta jusqu'au lit, où, la serrant contre lui, il lui chuchota quelques mots tendres. Au fur et à mesure qu'il parlait, il se sentit sincèrement ému et ses propres yeux s'embuèrent aussi. Sa main passa avec douceur et amertume sur le visage, le cou, puis la poitrine de Xiao'e, s'arrêtant plus tard au sommet de son bas-ventre qui saillait. Il lui dit :

« Ne pleure plus. Si tu tombes malade à force de pleurer, que vais-je devenir ? Qu'adviendra-t-il du bébé ? Je ne possède plus rien aujourd'hui, à présent je n'ai plus que toi. »

Xiao'e se détendit enfin. Elle prit la main de Laopu et la posa sur son visage afin qu'il la caresse. Elle lui dit :

« Moi aussi je n'ai que toi, tu sais. Depuis toute petite, je n'ai reçu ni amour de mon père ni tendresse de ma mère, et je n'ai pu compter que sur les hommes. Si tu cherches à me faire du mal un jour, je me tuerai pour que tu comprennes. »

L'hiver tout entier s'écoula hors du temps et dans la solitude. Xiao'e restait assise près du fourneau, à demi éveillée et à demi endormie, livrée à des pensées sans contours. Au travers des carreaux on pouvait apercevoir le seul et unique platane de la cour, dont les feuilles étaient tombées depuis longtemps déjà, ne laissant à terre qu'un amas de brindilles en désordre qui voltigeaient de-ci de-là dans le vent. Il n'y avait rien à regarder dehors, si bien que Xiao'e passait de longs moments devant son miroir. Comme elle avait laissé tomber son travail à l'usine de traitement des bouteilles, chacune de ses journées s'écoulait à la maison dans le désœuvrement. Xiao'e s'était empâtée à vue d'œil, et de plus sa taille et ses membres avaient épaissi depuis qu'elle était enceinte. Cela l'abattait complètement. En vérité, c'était pour cette raison qu'elle refusait de sortir. A l'étage au-dessus, le foyer des époux Zhang était presque toujours plein d'animation, et les visites se succédaient constamment. Chaque fois qu'elle entendait dans l'escalier les plaisanteries et les bruits de pas confondus, elle était prise d'une jalousie et d'une rancœur sans pareilles. Elle détestait cette existence désertée qui était la sienne, et aspirait à avoir de la visite à la maison.

Un beau jour, M. Zhang cria à Xiao'e de monter les rejoindre pour jouer au mah-jong. Elle gravit l'étage pleine d'enthousiasme et découvrit un groupe d'hommes et de femmes qui lui étaient inconnus, et qui se mirent à la jauger subrepticement du regard. Xiao'e garda son sang-froid et s'assit à la table de jeu comme si de rien n'était. Elle entendit M. Zhang qui, pour désigner la pièce du jeu de mah-jong « les deux disques », disait « le soutien-gorge ». Elle réprima alors un rire. Quelqu'un lui offrit une cigarette qu'elle accepta. Elle la fuma et recracha même des ronds de fumée. Pour une fois, elle s'amusait vraiment de bon cœur, et lorsqu'elle redescendit l'escalier, le jour était sur le point de se lever. Elle se dirigea vers le lit à tâtons dans le noir et s'aperçut que Laopu s'était enroulé serré dans la couverture, l'empêchant d'y entrer. Dans l'obscurité, il s'adressa à elle :

« Il ne fait pas encore jour, retourne donc t'amuser encore. »

Elle répondit :

« Qu'y a-t-il ? Je m'ennuie toute la journée à la maison et il est si rare que j'aie une occasion de me divertir. A quoi bon te mettre toujours en colère ? »

Laopu lui dit :

« Toute la journée, je suis au bureau pour ramener coûte que coûte de quoi nourrir la famille et quand je rentre, je ne trouve même pas de quoi boire un bol de thé chaud ! Mais toi, tu te la coules douce, tu pars t'amuser au mahjong toute la nuit ! »

Xiao'e alla se glisser entre les couvertures, et elle passa la main sur l'entrejambe de Laopu :

« Allons, quoi, ne te mets pas en colère. Je ne retournerai plus m'amuser désormais. Je veux compter sur toi pour vivre. Et je ne me risquerai plus à te fâcher. »

Laopu se retourna et laissa échapper un soupir. Xiao'e lui dit :

« Pour quelle raison soupires-tu ? Tu es mon homme. Tu dois me faire vivre, c'est tout naturel. Maintenant, il n'y a plus de maisons closes, mais dans le cas contraire c'est moi qui aurais pu t'entretenir. Alors il est inutile que tu me fasses la tête de cette manière. »

Laopu, le bras tendu, frappa sur le montant du lit. Il dit d'une voix courroucée :

« Tais-toi ! Plus tu parles, et plus tu dis des bêtises. Je vois bien que jusqu'à présent tu n'es pas arrivée à te détacher de ton ancienne activité. »

Après leur mariage, l'humeur de Laopu s'était dégradée considérablement et Xiao'e en cherchait les raisons, mais elle écartait les explications l'une après l'autre. Puis elle pensa que c'était peut-être parce qu'elle était enceinte et qu'à cause de cela elle brimait Laopu dans son désir. Elle se dit que tout était de la faute de cet enfant qu'elle portait et en conclut que la maternité avait détruit ses nombreux plaisirs. Elle éprouva encore une certaine envie de décharger sa colère sur ce bébé qui allait naître. Toute chose gagnée entraînait aussi une perte, et cette vérité-là écarta complètement les illusions qu'avait eues Xiao'e autrefois sur le mariage.

Au cours de la deuxième année qu'elle passa au monastère de l'Admiration de la Lune à pratiquer le bouddhisme, Qiuyi revint deux fois en ville. La première fois, quand elle apprit le mariage de Xiao'e avec Laopu et la deuxième fois, ce fut lorsqu'elle reçut de sa tante paternelle un avis de décès. La lettre disait que le père de Qiuyi qui prenait le soleil sur le pas de sa porte avait été percuté par une voiture et qu'il n'avait plus repris connaissance.

Qiuyi se hâta de rentrer pour les funérailles, et durant la veillée funèbre elle pleura du matin jusqu'au soir. Elle eut la voix brisée par les lamentations et ne put plus prononcer une parole pendant plusieurs jours. Elle savait qu'elle avait pleuré pour le mort, mais aussi que, pour une bonne moitié, elle avait pleuré également sur elle-même. Après avoir pris soin de tout ce qui concernait les funérailles, Qiuyi plongea dans un sommeil léthargique pendant deux jours et deux nuits.

Elle fit un rêve, et dans ce rêve elle vit Xiao'e et Laopu qui étaient sur un toit immense et qui dansaient, et elle, de son côté, se trouvait dans l'obscurité et pleurait. Son père décédé s'assit, lui aussi, dans son cercueil et ils pleurèrent ensemble. Qiuyi se réveilla en gémissant. Longtemps après avoir repris conscience, elle se le remémora et elle était certaine que c'était une faiblesse et une forme d'exutoire de sa part, et qu'en tout cas, cela n'avait pas beaucoup d'importance.

La tante paternelle de Qiuyi prit une bague carrée et elle la lui donna en disant :

« Ceci t'appartient. Je l'ai découverte dans une poêle au moment de faire sauter des fèves. »

Qiuyi hocha la tête et, repensant à ce jour où elle était passée devant la maison sans y entrer, ses yeux s'embuèrent une nouvelle fois. Sa tante lui demanda :

« Quand retournes-tu au monastère ? Je t'ai préparé une jarre de légumes salés, comme tu aimes. »

Qiuyi jeta un coup d'œil à l'expression de sa tante.

« Donc, je dois absolument y retourner ? Et si je ne voulais plus être nonne ? »

La tante répondit, avec un certain embarras :

« Je ne cherche pas à te forcer. Après tout, cette maison est aussi la tienne. C'est à toi de décider s'il faut y aller ou pas. »

Qiuyi détourna la tête et déclara :

« A présent, je voudrais t'entendre parler sincèrement. Est-ce que, oui ou non, tu serais d'accord pour me garder ici ? »

La tante hésita un moment, puis elle dit faiblement :

« Si tu repartais, ce serait aussi bien. Tu es devenue nonne et, comme ça, personne du voisinage ne peut plus faire le moindre commérage. »

Avec détachement, le regard de Qiuyi se porta à travers la fenêtre sur la rue délabrée. Elle resta immobile, puis des larmes se mirent à rouler sans bruit sur ses joues. Un moment passa, puis elle se mordit les lèvres et reprit :

« C'est certain, si je repars, c'est aussi bien. Dehors, les gens ont livré leur cœur en pâture aux chiens. »

Le lendemain, Qiuyi vêtue d'habits de deuil retourna au monastère de l'Admiration de la Lune. C'était la jeune bonzesse qui était chargée de la porte, et elle lui ouvrit, mais dès qu'elle reconnut Qiuyi, elle s'empressa de lui refermer la porte au nez. Qiuyi commença à protester :

« Ouvre vite cette porte ! C'est moi qui reviens ! »

Elle entendit la jeune bonzesse qui criait dans la cour à celle qui était âgée :

« Qiuyi est de retour. Venez lui parler ! »

Ignorant ce qui se passait, elle frappa désespérément contre la porte. Après un bon moment, la vieille bonzesse arriva et, de l'intérieur, elle lui dit :

« Qu'es-tu revenue faire encore ? Tu nous as trompées, tu as souillé la religion du Bouddha ! Une femme de ton espèce ! Et tu as eu l'audace de franchir la porte d'un monastère ! Retourne donc là d'où tu viens ! »

Qiuyi se mit à crier d'une voix perçante en tambourinant sur la porte avec ses poings.

« Mais je ne comprends rien à toutes ces balivernes ! Je veux entrer ! Ouvrez-moi vite la porte ! »

A l'intérieur, la vieille bonzesse tira d'un coup sec le loquet de la porte pour la fermer. Elle dit à Qiuyi :

« Nous avons purifié et lavé le monastère à grande eau. Tu ne peux plus y revenir à présent. Tu as déjà bien trop souillé le monastère de l'Admiration de la Lune. »

Qiuyi prit brusquement conscience que c'étaient les machinations du destin qui l'avaient amenée là où elle en était, vers cet abîme sans issue. Un désespoir sans pareil pénétra au plus profond de son cœur, et son corps peu à peu s'affaissa sur lui-même comme un monticule de sable. Lorsqu'elle se laissa glisser contre la grande porte du temple, et qu'avec son front elle y donna des coups, les sanglots qui lui venaient étaient déjà muets. Elle répondit :

« Laissez-moi entrer, je voudrais trouver un refuge ! Je ne veux pas retourner là-bas, les gens du dehors ont livré leur cœur en pâture aux chiens. Moi, au départ, je ne pensais pas revenir, mais ce sont tous ceux du dehors qui ont abandonné leur cœur en pâture aux chiens ! Il ne me reste plus d'autre ressource à présent que de revenir au monastère. Il faut que vous me recueilliez une nouvelle fois ! »

La grande porte du monastère de l'Admiration de la Lune fut ébranlée à tout rompre par

Qiuyi, et les chiens qui se trouvaient dans la cour se mirent à aboyer furieusement. La vieille bonzesse lui dit :

« Va-t'en ! Si tu revenais, il n'y aurait plus rien à manger. Les bienfaiteurs se sont faits plus rares, et nos provisions de nourriture aussi. S'il y a une bouche de plus à nourrir ici, nous crèverons de faim. »

Qiuyi répondit immédiatement en criant :

« De l'argent, j'en ai ! Et je pourrai subvenir à vos besoins ! Ne craignez pas que je touche à vos provisions. Vous verrez, il serait impossible de manger tout ce que l'on peut acheter comme nourriture avec mon argent, même en mangeant jusqu'à la fin de ses jours ! »

La vieille bonzesse lâcha cette unique phrase :

« Cet argent immonde, garde-le pour toi ! »

Qiuyi put entendre le bruit lent de ses pas qui s'éloignaient progressivement, tandis que les aboiements des chiens du monastère cessaient eux aussi. Elle faisait de nouveau face au silence de mort du néant, mais elle n'avait plus une seule larme pour pleurer.

Dans la forêt de bambous alentour, il y avait là quelques paysans qui ramassaient les pousses de l'hiver. Ils purent voir Qiuyi devant la porte close du monastère de l'Admiration de la Lune, qui tâchait d'assimiler la scène qui venait de se produire. Son visage avait un teint terreux et sa robe, faite d'un mélange de noir et de blanc, flottait de façon poignante dans le vent. Après quoi, très lentement, ils la virent se mettre en quête de branches d'arbres et de bois de diverses sortes, qu'elle rassembla en un tas au pied de la porte du monastère. Les paysans devinèrent qu'elle comptait les allumer pour provoquer un début d'incendie. Ils observaient avec une extrême attention le développement de la situation, tout en discutant sur ses chances d'y arriver ou pas. Toujours est-il que Qiuyi n'alluma pas ce feu. Peut-être manquait-elle de courage pour s'attaquer ainsi au monastère. Elle s'assit sur le tas de branchages et de feuilles, sa joue posée contre sa main, et réfléchit intensément un très long moment. Son visage était d'une pâleur extrême, mais il ne manquait certainement pas de beauté. Les paysans dans la forêt ne la quittaient pas des yeux. L'un d'eux annonça:

« Il paraît que c'était une fille de joie, dans le temps. »

Puis ils virent Qiuyi se lever du tas de branchages. Elle quitta la robe noire qu'elle portait et commença à la déchirer avec force en plusieurs morceaux qu'elle accrocha sur l'anneau de la porte du monastère. Elle était vêtue en dessous d'un tissu de brocart de soie à fleurs rouges sur fond bleu, aux couleurs très vives. Elle se tint dos au monastère de l'Admiration de la Lune, promenant son regard dans toutes les directions. En l'espace d'un très court instant, elle était redevenue la Qiuyi d'autrefois. Les paysans la virent ensuite, tenant à la main un petit paquet et laissant rouler librement ses hanches, traverser en douce la forêt de bambous. Son visage ne portait plus la moindre trace d'une quelconque détresse.

L'année 1954 arriva et le gouvernement ne garda pas davantage rancune aux prostituées, qui étaient un héritage de l'ancienne société. Les camps de rééducation par le travail spécialement créés pour elles furent pratiquement tous fermés par décret. Qiuyi apprit la nouvelle mais, au fond d'elle-même, elle se sentit désarçonnée. Elle se demandait à quoi cela avait bien pu lui servir de se cacher ainsi à droite ou à gauche. Il était difficile de dire si ç'avait été une bonne chose ou pas. Si, dès le début, elle n'avait pas sauté au bas de ce camion, elle serait allée avec Xiao'e dans le camp, toutes les deux ensemble. Et il est probable qu'elle ne se serait pas engagée alors dans cette situation sans issue.

Lorsqu'elle rentra au foyer familial, sa tante paternelle fut stupéfaite. Elle lui demanda :

« Tu es vraiment revenue ? Tu ne retourneras plus au monastère ? »

Qiuyi déversa le contenu de son petit ballot sur le lit et répondit :

« Je n'irai plus. J'en ai eu assez d'être nonne et j'ai réfléchi qu'il valait mieux rentrer et vivre ici des jours meilleurs. »

Le visage de la tante reflétait son grand embarras. Elle demanda à Qiuyi :

« Mais où donc serait-il possible pour toi de couler des jours meilleurs ? Tu es une femme habituée à une vie dissolue, alors comment feras-tu à l'avenir ? »

Qiuyi lui répondit :

« Tu n'as pas besoin de te faire du souci. Tôt ou tard je me marierai, et tant que c'est un homme, et qu'il veut bien de moi, peu m'importe le genre de lascar. Je n'en refuserai aucun. »

Sa tante lui rétorqua :

« Mais une fois mariée, comment feras-tu ? Seras-tu capable de vivre heureuse avec ton mari ? »

Elle lui répondit en riant :

« Bien sûr que je pourrai. Comme dit le dicton : “Une fois mariée à un coq, on suit le coq, une fois mariée à un chien, on suit le chien.” Les autres en sont capables, pourquoi pas moi ? »

La tante et le reste de la famille traitaient manifestement Qiuyi avec une extrême froideur. Quant à elle, elle ne leur faisait pas davantage de politesses, et quelle que fût la tâche qu'elle accomplissait à la maison, elle la faisait sans le moindre ménagement. Qiuyi ne faisait aucun cas de rien, aussi ne craignait-elle personne. Une fois, cependant, en balayant le sol, elle aperçut une photographie à moitié enfouie dans les ordures, et lorsqu'elle la ramassa pour la regarder, elle se mit à pleurer. Il s'agissait d'une photo de la famille tout entière qu'on avait déchirée, et il était clair que c'était Qiuyi qui en avait été retirée. Lorsque cette photographie avait été prise, elle ne devait pas avoir plus de huit ou neuf ans et on pouvait l'y voir coiffée de ses deux nattes toutes fines et fixant l'appareil avec de grands yeux effrayés. Qiuyi s'empara de cette moitié de photographie et tout son corps se mit à frémir violemment. D'une traite, elle courut ouvrir à coups de pied l'appartement où vivait sa tante et, agitant la photo, elle hurla :

« Qui a fait cela ? Qui donc peut me haïr à ce point ? »

Il n'y avait pas trace de la tante et seul le cousin de Qiuyi était là en train de pousser le rabot pour ses travaux de menuiserie. Il lui jeta un regard dédaigneux et dit :

« C'est moi qui ai fait cela. Parce que je te déteste. »

Qiuyi répliqua :

« Qu'as-tu donc à me reprocher pour me haïr ainsi ? Est-ce que je t'ai déjà fait du tort ? »

Son cousin lui répondit :

« Mais ça a servi à quoi que tu reviennes ? Cela m'empêche d'avoir de la place à moi ici et de pouvoir me marier. De toute façon, tu as l'habitude de mener dehors une vie de débauche, alors pourquoi revenir ici jouer à la femme respectable ? Tu as amené tellement de perturbation à la maison que plus personne n'a la paix, pas même les poules et les chiens. »

Qiuyi resta un moment sans répondre, puis elle lui dit soudain en feignant de sourire :

« Tu as l'esprit pratique, toi ! Mais tu n'as même pas réussi à mettre en colère la vieille dure à cuire que je suis. S'il y a quelque chose qui vous contrarie tous, dites-le-moi franchement, et quand la mesure sera comble, je tremperai une lame pour la ressortir rouge de sang. »

L'expression de son cousin changea sur-le-champ. Il dit, l'air radieux :

« Chère cousine, je peux donc en discuter avec toi. Je te demande de vite te trouver un homme à marier. Si tu n'en as pas en tête, je peux servir d'entremetteur. Sache que dans la rue de l'Est, il y a ce Feng Laowu qui s'intéresse beaucoup à toi. »

Qiuyi poussa un cri de colère :

« Ferme ton sale petit clapet ! Je sais parfaitement ce que c'est que de se vendre ! Crois-tu un instant que j'ai besoin que tu viennes me l'enseigner ? »

Cela dit, elle claqua la porte avec force, et en chancelant sortit de la maison.

Dans les rues envahies par l'hiver, les traces de pas se faisaient plus rares. Qiuyi avançait en frôlant les murs et elle les frappait nerveusement de la main ou bien contre les devantures closes des échoppes. Non seulement c'était le spectacle qu'offraient ces rues en cet hiver, mais c'était l'univers tout entier qui avait été, lui aussi, déserté. Elle passa devant la ruelle du Phénix. C'était un endroit qu'elle n'était jamais parvenue à oublier. A dix-sept ans, avant d'entrer au *Xihonglou,* elle se trouvait là à passer et repasser dans cette ruelle. Elle espérait alors ardemment qu'un jeune homme à la fois plein de talent et fortuné achète sa virginité et l'emmène avec lui. Elle avait déjà refusé de nombreux soupirants lorsque finalement Laopu était venu. Si l'on dit que la Qiuyi d'alors qui avait dix-sept ans traversa cette rivière, eh bien c'est Laopu qui en fut l'unique pont. Dans ce sens, Qiuyi était incapable d'oublier l'empreinte et l'influence de Laopu sur elle. A cette époque-là, les habitants de la ruelle du Phénix connaissaient tous Qiuyi. Quelques années avaient passé, et la société avait déjà entamé sa transformation en profondeur. A présent, personne ne lorgnait plus vers elle ni ne semblait reconnaître la Qiuyi du *Xihonglou*. Elle passa ensuite devant une boucherie de viande de mouton, et elle entendit quelqu'un la héler par son nom. Elle s'aperçut qu'il s'agissait de Ruifeng. Celle-ci bondit à l'extérieur de l'étal et, lui saisissant la main, lui dit :

« Se peut-il que ce soit bien toi ? N'étais-tu pas entrée au monastère ? »

Qiuyi répondit :

« Je ne voulais plus y rester. Alors je me suis enfuie. »

Ruifeng applaudit vivement en disant :

« J'avais prédit que tôt ou tard tu quitterais cet endroit. Une fille de la ruelle de Nuages-Emeraudes qui devient bonzesse, comment cela pourrait-il réussir ? »

Ruifeng poussait des gloussements, et elle ajouta :

« Où vas-tu ?

— Je ne vais nulle part. Je cours seulement les rues animées, pour me trouver un homme ! »

Ruifeng prit un air entendu et éclata d'un grand rire. Puis elle la tira avec obstination à l'intérieur de la boucherie pour qu'elle y déguste de la soupe de mouton.

Il se trouvait que Ruifeng avait épousé le patron de la boucherie. Qiuyi détailla rapidement l'homme qui était en train de découper de la viande d'agneau, et bien qu'il ait un peu d'embonpoint, il avait un visage honnête et bon. Elle dit à Ruifeng :

« Ça y est, tout le monde s'est rangé. Et il ne reste que moi comme viande à l'abattoir. Qui sait sur quelle planche à découper je vais me retrouver ? »

Ruifeng répondit :

« Je trouve que tu parles d'une façon bien sombre. Autrefois, tu étais tellement appréciée, tu en avais des hommes à tes pieds ! C'est à toi de choisir, voyons ! »

Qiuyi lui dit :

« Le passé est le passé. »

Et elle se pencha sur sa soupe de mouton. Soudain, Ruifeng se rappela quelque chose.

« Ah oui ! Au fait, j'ai oublié de t'apprendre que Xiao'e a accouché d'un garçon. Il pèse huit bonnes livres. Est-ce que tu as été à leur fête manger les œufs rouges du bonheur ? »

Qiuyi souriait avec indifférence et, en silence, elle fit non de la tête. Puis elle demanda :

« Est-ce que cela se passe bien pour eux deux ? »

Ruifeng lui dit :

« Pas si bien. J'ai entendu dire qu'ils sont toujours en train de se disputer. D'ailleurs, tu connais Xiao'e mieux que moi. Elle aime piquer ses colères et, à la moindre occasion, ce sont les menaces de suicide. Moi, je ne la crois pas capable de se tuer, c'est plutôt Laopu qu'elle pousse à bout. »

Qiuyi baissa la tête et dit :

« Il n'y a rien à faire à ça. Tout est la volonté du Ciel ! »

Ruifeng lui demanda :

« Iras-tu leur rendre visite ? »

Qiuyi fit à nouveau un signe de dénégation et répondit :

« Je les ai vus au moment de leur mariage, et cela suffit. Je ne tiens pas à aller les voir une nouvelle fois. »

Quand elle se leva pour prendre congé, Ruifeng s'enquit de la date de son mariage. Qiuyi réfléchit un peu, et répondit :

« Très bientôt. Dès que ce sera arrangé, tout ira vite. »

Ruifeng ajouta :

« Surtout, ne manque pas de nous prévenir. Nous, tes bonnes amies, nous voulons toutes venir nous régaler à ton banquet de noces. »

Qiuyi rétorqua :

« Quand le moment sera venu, on verra. Cela dépend du genre d'homme qui m'épousera. »

Deux semaines plus tard, Qiuyi épousait Feng Laowu de la rue de l'Est, et elle n'invita personne à son mariage. Une longue période s'était écoulée lorsque quelqu'un la vit aux toilettes publiques de la rue de l'Est déverser leur seau hygiénique. Derrière elle venait une sorte de nain bossu. Les bonnes amies du temps de la ruelle des Nuages-Emeraudes apprirent la nouvelle, et elles furent frappées de stupeur. Elles n'arrivaient pas à croire que Qiuyi puisse consacrer le reste de sa vie à Feng Laowu. Finalement, elles en arrivèrent à la conclusion qu'elle avait vraiment eu le cœur brisé et que, considérant qu'il n'y avait plus d'espoir, elle s'était résignée à son sort. Elles savaient toutes que, pour Qiuyi, il n'y aurait jamais personne d'autre que Laopu dans son cœur. Mais Xiao'e lui avait volé Laopu.

Laopu choisit Beifu [1] comme prénom pour son fils. Xiao'e protesta :

« Ce n'est pas un bon prénom et il blesse l'oreille. Est-ce qu'on ne pourrait pas l'appeler plutôt Lefu [2] ou bien encore autrement ? »

Laopu fit non de la main en disant :

« Il s'appellera Beifu. Et ce prénom a son sens. »

Xiao'e demanda en fronçant les sourcils :

« Où veux-tu en venir, à la fin ? »

Laopu prit son fils dans ses bras et, observant le visage du bébé, il dit :

« Rien de plus que ceci : être un homme affligé, vouloir pleurer et ne pas en être capable ! »

Pendant que Xiao'e était en couches, Laopu avait engagé une femme de ménage venant de la campagne pour servir l'accouchée et laver les langes. Lui-même n'était pas habile dans ces diverses tâches et travaux ménagers ; et il n'avait en outre aucune envie de s'y atteler. Ce fut en grinçant des dents qu'il embaucha cette femme et il dut emprunter de l'argent pour lui payer ses gages. Un mois s'écoula de cette façon mais comme Laopu, impuissant, voyait leur peu d'argent filer à vue d'œil pour les quatre personnes de la maison, il se résolut à se séparer d'elle et la renvoya. Xiao'e n'avait pas été mise au courant

1. Beifu signifie « misère » en chinois.
2. Lefu signifie « bonheur ».

de la situation, aussi attendit-elle comme d'habitude que la bonne apporte des œufs bouillis et de quoi boire. Elle attendit longtemps en vain puis frappa du poing sur le lit en disant :

« Est-ce qu'elle veut me faire mourir de faim ? Pourquoi n'a-t-elle pas encore apporté à manger ? »

Laopu entra alors avec deux œufs de poule dans les mains, et annonça :

« Tu vas te lever et les faire cuire. J'ai congédié la femme de ménage. »

Xiao'e protesta vivement :

« Qu'est-ce qui t'a pris ? Tu l'as renvoyée, et sans même m'en parler ? Je me relève à peine de couches et toi, tu voudrais déjà me voir debout à faire la cuisine ! »

Il lui répondit :

« Si je ne l'avais pas fait, nous n'aurions plus rien à nous mettre sous la dent aujourd'hui. Nous sommes au plus bas financièrement. Tu n'es pas sans le savoir. »

Elle le regarda avec mépris.

« Ces cinq lingots d'or, Dieu seul sait de quelle façon et en te donnant combien de mal tu as dû les dilapider ! »

Les yeux de Laopu s'écarquillèrent, son cou se raidit et il rugit :

« Je ne touche plus au jeu et je ne fréquente plus les filles à ce jour ! Je n'ai même pas dépensé un sou pour moi ! Est-ce que ce ne serait pas plutôt toi, qui es toujours prête à manger les meilleurs repas et à t'habiller avec ce qu'il y a de mieux ? Mais tu en rejettes toujours la faute sur moi ! »

Xiao'e se rendit compte qu'elle était dans son tort mais elle rechignait à l'admettre. Elle s'allongea dans les couvertures et dit :

« Si ce n'est pas de ta faute, c'est celle de qui alors ? Comment se fait-il que tu ne sois pas fichu de gagner beaucoup d'argent ? »

Laopu lui répondit :

« Tu crois encore que l'on est sous l'ancienne société. Aujourd'hui, chacun ne peut compter que sur son salaire pour vivre. Où veux-tu que l'on puisse gagner des mille et des cents ? A moins que je n'aille attaquer une banque ou détourner des fonds publics, ne t'imagine plus que tu pourras passer tes journées à faire la fête ! »

Xiao'e, comme à l'ordinaire, ne daignait pas se lever pour s'occuper de la maison. Laopu se voyait ainsi contraint de préparer quelque nourriture au petit bonheur et de l'amener près du lit. Et quand ce n'était pas trop salé, c'était trop fade. Xiao'e mangeait en fronçant les sourcils et, parfois, elle repoussait tout simplement le tout dans un coin sans y goûter. Laopu incapable de réfréner sa colère plus longtemps, cassa les bols par terre avec fracas. Il dit à Xiao'e :

« Puisque tu ne manges pas, eh bien tant pis ! Moi, je me fais toujours du mauvais sang, mais il n'y a personne qui s'en soucie. Combien de temps vas-tu encore rester en couches ? »

Xiao'e et le bébé qu'elle serrait contre elle fondirent en larmes presque simultanément. Quand Xiao'e se mit à pleurer, ce fut pour ne plus s'arrêter, ce qui attira l'attention au bout d'un moment de M. et Mme Zhang à l'étage au-dessus. Mme Zhang descendit frapper à la porte et lui dit :

« Xiao'e, il ne faut plus pleurer. Si tu pleures après ton accouchement, cela risque de t'abîmer les yeux. »

Xiao'e lui rétorqua :

« Si je m'abîme les yeux, eh bien tant pis ! Cela m'épargnera de voir sa sale figure. »

Cependant, les paroles de Mme Zhang portèrent leurs fruits et Xiao'e cessa de pleurer. Elle finit même par se lever du lit dans un bruit de froissement et, enveloppée dans la couverture, elle se rendit à la cuisine. Elle commença à s'activer aux fourneaux, faisant frire et mijoter, et prépara bon nombre de plats dans des bols. Elle les entreposa tous ensemble dans le buffet avec certainement dans l'idée de les manger au fur et à mesure.

Durant cette période, quand Laopu rentrait, il avait tout le temps l'air soucieux et les sourcils froncés, et il poussait de grands soupirs. Son fils s'agita une nuit et troubla son sommeil, et il se retourna subitement et lui donna une claque sur les fesses. Xiao'e se mit à hurler à son encontre :

« Mais tu es malade ! Il est encore si petit ! Baisse cette main de malheur ! »

Laopu, la main levée, l'examina du regard. Il lâcha ces mots :

« Je suis à bout ! Je suis complètement à bout ! »

Xiao'e s'approcha tout contre lui, et elle lui prit la main en disant :

« Alors, frappe encore. Frappe-nous même tous les deux. Quand tu nous auras battus tous les deux à mort, tu seras soulagé. »

Laopu dégagea sa main, et sans crier gare il s'administra une gifle. Il s'exclama dans une plainte :

« Je devrais mourir ! J'aurais dû me gifler, moi ! »

Le lendemain, quand Laopu revint de son travail à la Compagnie, il avait un air bizarre. Il mit la main dans la poche de son complet-veston, pour en sortir une liasse de billets qu'il jeta sous le nez de Xiao'e.

« Désormais, tu ne te plaindras plus que je suis incapable de ramener assez d'argent ! Maintenant, tu en as. Alors prends-le, et dépense-le tant qu'il te plaira ! »

Xiao'e regardait la liasse et elle demanda, hésitante :

« D'où peut te provenir une somme pareille ? »

Laopu répondit avec impatience :

« Tu n'as pas à t'en occuper. Mais j'ai mes propres combines, bien sûr. »

Grâce à cette somme d'argent, Xiao'e et Laopu reprirent à nouveau leur vie luxueuse et enivrante pendant une semaine. Xiao'e, emmenant Beifu avec elle, allait par les rues faire des emplettes en s'en donnant à cœur joie. Elle commanda même une parure en or à la bijouterie *Hengfu.* Son humeur était redevenue facile et elle retrouva envers Laopu sa gentillesse et sa tendresse féminines. Cela dura ainsi jusqu'au jour où, malgré l'obscurité avancée de la nuit,

Laopu n'eut pas l'air de rentrer. Les coups qu'on frappa à la porte venaient de deux collègues de Laopu travaillant à la Compagnie d'électricité. Ils dirent à Xiao'e :

« Il est arrivé un incident avec Laopu. Voudrais-tu bien nous suivre ? »

Xiao'e dévisageait les visiteurs, affolée, puis elle se rendit compte qu'il s'était passé quelque chose. Elle alla porter Beifu à Mme Zhang à l'étage du dessus et, enfilant à la hâte son manteau, elle emboîta le pas aux deux hommes.

En chemin, les deux hommes de la Compagnie d'électricité la mirent au courant en allant droit au but :

« Laopu a détourné des fonds publics. Une somme aussi considérable, c'est difficile à croire. »

Les mots n'arrivaient pas à franchir les lèvres de Xiao'e et elle ne pouvait que tirer sur le col de son manteau, désespérément, comme pour se protéger du vent glacial et pénétrant qui soufflait par les rues. Les hommes de la Compagnie d'électricité lui dirent :

« Laopu a été habitué à mener une vie de jeune seigneur et dépenser de l'argent était devenu sa seconde nature. Alors, quand la société nouvelle s'est transformée, il n'a pas été capable de s'adapter rapidement aux changements. »

Cette fois, Xiao'e commença à sangloter. Elle dit en bredouillant :

« C'est de ma faute, c'est moi qui l'y ai poussé ! »

Laopu était assis dans une cellule de détention provisoire et lorsqu'il vit entrer Xiao'e, ses lèvres tremblèrent, mais il garda le silence. Son visage avait pris une teinte blafarde et maladive et ses cheveux mal peignés tombaient en désordre autour de son front. Xiao'e s'approcha de lui et lui prit la tête dans ses bras. Puis elle commença à lui passer la main dans les cheveux, en le recoiffant, tandis qu'elle-même pleurait.

« Moi, Laopu, jamais je n'aurais cru tomber si bas, dit-il. Jamais je n'aurais imaginé non plus que notre mariage durerait si peu de temps, car il est clair maintenant que je ne rentrerai plus à la maison. Comment vas-tu arriver à mener les choses toute seule, avec Beifu ? ajouta-t-il.

« Quand Beifu sera un adulte, tâche de l'empêcher de s'étourdir au milieu des femmes. Les hommes comme moi, ça finit mal », dit finalement Laopu.

Il se leva et enserra la taille de Xiao'e, puis embrassa avec violence ses cheveux, ses yeux, enfin ses lèvres. Les siennes étaient glacées, et dans son regard brûlait une lueur blanche énigmatique et vide. Xiao'e ne put oublier le souvenir de leur ultime baiser. Ce fut un baiser sans fin et saturé de passion qui les suffoqua tous deux.

Longtemps après, Xiao'e se souvenait toujours de leur dernière rencontre. Et cette évocation la transportait encore, en la faisant frissonner tout à la fois. Ce mariage qui avait bouleversé l'ordre des choses n'avait été qu'un rêve effrayant. C'est pourquoi Xiao'e poussait souvent des cris aigus au milieu de la nuit.

La plupart des anciennes prostituées de la ruelle des Nuages-Emeraudes connaissaient bien Laopu. Aussi, en ce jour de mars 1954, se mirent-elles d'accord pour se rendre sur l'emplacement de l'ancien cimetière afin d'accompagner Laopu pour son dernier voyage. De loin, elles l'aperçurent qui se tenait là, agenouillé. Il avait un bâillon de coton enfoncé dans la bouche. Il ne portait pas d'uniforme de prisonnier, mais son habituel costume occidental en laine gris anthracite. Au moment où la détonation retentit, de la tête de Laopu jaillit une gerbe de sang visqueux, et les anciennes prostituées se mirent à hurler avec frénésie. Après le coup de feu, une plainte triste et aiguë faite de lamentations commença à s'élever. Quelqu'un cria d'une voix perçante :

« Tout est de la faute de Xiao'e, c'est elle seule qui l'a perverti. »

Xiao'e ne s'était pas rendue sur l'emplacement de l'ancien cimetière. Le jour de l'exécution de Laopu, elle retourna à l'usine de traitement des bouteilles et y reprit son travail, portant Beifu sur son dos. Elle s'assit parmi les ouvrières, et son visage n'exprimait rien de particulier. Elle entreprit alors de laver et de brosser cette quantité infinie de bouteilles. Aux alentours de dix heures du matin, Beifu tout à coup se mit à pleurer avec force, et Xiao'e sentit un frisson glacé la parcourir. Elle libéra l'une de ses mains et se mit à réconforter son fils. Une ouvrière qui se trouvait à côté d'elle demanda :

« Peut-être que ton bébé a faim ? Tu devrais lui donner la tétée. »

Xiao'e fit non de la tête et dit :

« Il ne s'agit pas de cela, c'est Laopu qui vient de mourir. Ce pauvre Laopu, c'était un homme bon. C'est moi qui l'ai fait tomber. »

Qiuyi non plus n'était pas allée accompagner Laopu pour son dernier voyage. Toutes les filles, au retour du terrain de l'ancien cimetière, se réunirent chez elle pour lui raconter l'atroce spectacle. Qiuyi ne fit qu'écouter sans prononcer le moindre mot. Son mari, Feng Laowu, s'empressait avec chaleur et prévenance autour de ses invitées pour leur servir le thé. Qiuyi lui dit :

« Sors, tu veux bien. Laisse-nous parler tranquillement. »

Feng Laowu quitta la pièce et Qiuyi continua à se taire comme auparavant. Elle attendit que les filles aient fini de boire toute une théière. Alors, elle se leva et leur dit :

« Il faut que vous partiez, vous aussi. Il est mort. Alors, à quoi bon maintenant ressasser tout cela ? J'aimerais être seule un peu. Je suis bouleversée. »

Cette nuit-là, la pluie tomba. Elle martelait le feuillage du platane derrière les carreaux au-dehors, et au sein de ce tumulte, le petit immeuble des Zhang ressemblait à un îlot isolé et sans soutien. Xiao'e, qui serrait Beifu contre elle, se tenait à l'intérieur sans pouvoir trouver de réconfort. Du temps avait passé lorsqu'elle vit se refléter sur la fenêtre le visage estompé et couvert de pluie de Qiuyi. Qiuyi tenait son parapluie ouvert à la main et tambourinait légèrement avec ses doigts contre la vitre.

Quand elle lui ouvrit, Xiao'e ne put retenir ses larmes. Qiuyi se tenait là dans l'embrasure de la porte, et elle la regardait droit dans les yeux, avec intensité. Elle lui dit :

« Xiao'e, comment se fait-il que tu ne portes pas le deuil ? »

Xiao'e baissa la tête, évitant le regard de Qiuyi, et elle répondit d'une voix hésitante :

« J'ai oublié, tu sais, je n'entends rien à ces choses-là. Et je me sens si ébranlée. »

Qiuyi prit alors une petite fleur blanche qui se trouvait dans ses cheveux, et alla la piquer dans ceux de Xiao'e. Elle lui dit :

« Je savais que tu n'y penserais pas, et je t'ai apporté les affaires qu'il faut. Mais la pluie tombe si fort qu'elle les a toutes mouillées. »

Xiao'e, dans un élan, étreignit Qiuyi et elle commença à sangloter, tout en criant ces mots :

« Je regrette tellement ! J'ai si peur ! C'est moi qui ai entraîné Laopu dans cette voie sans issue. »

Qiuyi lui dit :

« C'est une chose à laquelle personne ne pouvait rien. Les histoires entre les hommes et les femmes sont prédestinées dès le départ. Alors, pour ce qui est de la vie ou de la mort, c'est encore plus l'affaire du Ciel. Si tu éprouves des sentiments envers Laopu, préoccupe-toi d'élever Beifu comme il faut. Quand on est une femme, eh bien on n'a guère d'autre choix. »

Une fois que Qiuyi eut pris Beifu dans ses bras, elle ne s'en sépara plus jusqu'au moment où le bébé plongea tout naturellement dans le sommeil à poings fermés. Qiuyi regarda alors Xiao'e lui changer ses langes, et elle déclara tout à coup :

« Tu as tout de même de la chance, quoi qu'il arrive, tu as ce gros garçon. »

Xiao'e répondit :

« Cela me rend inquiète à en mourir. Si tu as de l'affection pour lui, prends-le donc avec toi. »

Qiuyi répliqua :

« Tu parles sérieusement ? Si c'est la vérité, je l'emmène à la maison. J'ai toujours rêvé d'avoir un fils. »

Xiao'e fut consternée par ces mots, puis, au bout d'un instant, elle leva la tête pour voir l'expression de Qiuyi. Celle-ci lui tournait le dos et regardait au-dehors.

« Le mois dernier, je suis allée consulter le médecin et il m'a dit que j'étais stérile. Je ne pourrai jamais avoir d'enfant. »

Xiao'e réfléchit puis dit :

« Pas d'enfant, c'est bien aussi, ce sont des souffrances en moins. »

Qiuyi répliqua :

« Tu es comme ces gens qui ont le ventre plein et qui ne comprennent rien à ceux qui crèvent de faim. Souffrir un peu plus, et puis après ? Je ne suis pas quelqu'un qui a le cœur à se résigner. Quoi qu'on en dise, tout vient des péchés que j'ai pu commettre autrefois. Je n'en veux à personne. »

Elles étaient assises toutes les deux à parler et regardaient par la fenêtre la pluie qui tombait toujours. Le bruit de leur conversation se fondait entièrement dans les sons réguliers que faisaient, en tombant, les milliers de gouttes de pluie de l'orage nocturne. Xiao'e annonça :

« La pluie ne cesse pas, alors tu n'as qu'à rester avec moi cette nuit. J'avais peur avant que tu n'arrives, mais depuis que tu es là chez moi, cette peur s'est envolée. »

Qiuyi répondit :

« Même si tu ne me gardais pas, je ne partirais pas quand même. Je suis venue pour te tenir compagnie, comme le feraient deux sœurs en fin de compte. »

Vers minuit, Xiao'e et Qiuyi déroulèrent le lit et se couchèrent, et leurs deux têtes rapprochées, elles se serrèrent mutuellement l'une contre l'autre. Qiuyi dit :

« Sur cet oreiller flotte encore l'odeur de brillantine de Laopu. »

Xiao'e ne répondit rien. Un moment passa, puis Qiuyi poussa un soupir dans le noir. Elle dit :

« Tout de même, notre vie s'est déroulée de façon si étrange ! »

On n'entendait plus que la pluie qui battait le toit et le platane au-dehors, et la rumeur de son crépitement était sans fin.

Xiao'e resta veuve pendant un an. Au début, elle demeura avec Beifu dans l'appartement de

M. Zhang, mais ses revenus ne lui permettaient visiblement pas d'assurer un loyer et des notes d'eau et d'électricité. Les ouvrières de l'usine de traitement des bouteilles la questionnèrent là-dessus, mais Xiao'e ne daigna pas répondre et ne desserra pas les dents. Par la suite se répandit la rumeur qu'elle et M. Zhang, celui qui chantait le *pingtan,* avaient une liaison. Quand elle vint emménager avec Beifu dans le dortoir des ouvrières, on prétendit que c'était Mme Zhang qui l'avait mise dehors. D'ailleurs, la croûte de sang qu'elle avait sur le front était due, disait-on, au maillet de justice en bois de Mme Zhang. Cette croûte de sang devint par la suite une cicatrice, qui resta à demeure sur le beau visage aux traits fins de Xiao'e.

L'année suivante, Xiao'e s'envola en compagnie d'un homme originaire du Nord. Il était brun et robuste, et semblait avoir une quarantaine d'années. Toutes les ouvrières de l'usine de traitement des bouteilles le connaissaient. Elles disaient qu'il était venu se porter acquéreur d'une sorte de petite bouteille vert foncé, et qu'elles n'auraient jamais cru qu'il en ferait de même pour Xiao'e et repartirait avec elle à ses côtés.

La veille de son départ, Xiao'e se rendit au domicile de Qiuyi, son paquetage dans une main et Beifu dans l'autre. Qiuyi et Feng Laowu étaient en train de prendre le repas du soir et ils la virent apparaître dans l'embrasure de la porte, portant l'enfant avec elle en silence. Qiuyi posa ses baguettes pour aller à leur rencontre, mais Xiao'e s'était déjà laissée tomber à genoux, tout doucement.

« Je vais partir. Je vais te laisser l'enfant. »

Qiuyi se précipita pour la relever.

« Xiao'e, qu'est-ce que tu racontes ? »

Elle répondit :

« Au début, j'avais pris la résolution de ne pas me remarier. Je ne pensais qu'à élever Beifu, malheureusement, j'en suis incapable. Je pense plutôt à me remarier. »

Qiuyi la tira pour la relever, et elle s'aperçut que Xiao'e avait l'air dans le vague, comme un dormeur emporté par son rêve.

Qiuyi, après s'être saisie de Beifu, venait de le couvrir avidement de baisers. Elle porta à nouveau son regard vers Xiao'e qui était assise, hagarde, sur une chaise, et lui dit :

« J'avais prévu qu'un tel jour arriverait, je rêvais d'avoir cet enfant. »

Xiao'e éclata alors en sanglots, et la chaise de rotin dans laquelle elle était assise se mit à gémir avec elle en cadence.

Qiuyi lui dit :

« Ne pleure plus. Tu me donnes Beifu, tu peux être tranquille. Et je m'en occuperai même mieux que si c'était toi. Est-ce que tu vois pourquoi ? »

Xiao'e, retenant ses larmes, répondit :

« Je suis bien consciente de tout. Mais la seule chose que je n'arrive pas à m'expliquer, c'est comment j'en suis arrivée là. »

Qiuyi alla seule à la gare faire ses adieux à Xiao'e. Elle avait d'abord prévu d'amener Beifu avec elle, mais au moment de sortir de la maison, elle changea d'avis et prit un sac de provisions contenant des prunes séchées et d'autres choses à grignoter. Sur le quai de la gare elles échangèrent leurs ultimes confidences, et le regard de Xiao'e, tout au long, cherchait à apercevoir quelque chose dans le lointain. Qiuyi lui demanda :

« Que regardes-tu donc ? »

Les lèvres décolorées de Xiao'e tremblaient.

« Je cherche le panonceau de la ruelle des Nuages-Emeraudes. Pourquoi est-ce que je n'arrive pas à l'apercevoir ? »

Qiuyi répondit :

« Mais comment voudrais-tu l'apercevoir ? Nous sommes tellement loin de la ruelle ! »

Le train prit ensuite le départ en ahanant, et Xiao'e, un homme de nouveau auprès d'elle, partit vers les régions du Nord. Cela se passait en 1954. Les premiers temps, Qiuyi reçut quelques lettres de Xiao'e qu'elle avait fait écrire par quelqu'un, puis progressivement les nouvelles cessèrent d'arriver. Qiuyi n'avait pas la moindre idée de ce que pouvait être la vie de Xiao'e immigrée dans cette région du Nord.

Le jour où Beifu eut atteint l'âge de lire et d'écrire, Qiuyi sortit du fond de sa malle les quatre lettres envoyées autrefois par Xiao'e et, les attachant avec du fil rouge, elle les introduisit dans le foyer du fourneau où elles se consumèrent. A l'école, le nom de Beifu était Feng Xinhua[1], et c'était l'instituteur qui l'avait choisi. Feng Xinhua grandit dans le foyer des Feng. Pas une fois, il n'entendit parler de ses origines et personne ne lui raconta jamais les événements troublés de cette époque révolue.

L'année où Feng Xinhua eut huit ans, il découvrit tout en dessous du lit une petite boîte en métal mince et ovale, où se mêlaient le rouge et le vert, et dont le couvercle était orné de motifs de femmes et de fleurs. Il dut beaucoup forcer pour parvenir à en ouvrir le couvercle. L'intérieur était vide, mais il s'en dégageait un parfum capiteux qui persista sans se dissiper. Feng Xinhua était passionné par cette petite boîte en métal, et il s'amusa à la faire rouler d'un côté puis de l'autre sur le plancher, jusqu'à ce que Qiuyi eût remarqué son manège. Elle se saisit alors de cette petite boîte et l'enferma à clé dans la commode. Feng Xinhua était derrière elle, et il lui demanda :

« Maman, qu'est-ce que c'est comme objet ? »

Qiuyi tourna la tête. Elle avait l'air accablée de tristesse. Elle répondit :

« C'est un nécessaire de fard à joues. Les petits garçons ne doivent pas s'amuser avec ça. »

1. Xinhua signifie « Nouvelle Chine ».

LA VIE DES FEMMES

L'histoire de Xian

La boutique de photographie *Huilong* se trouvait située au coin d'une rue. Ses murs extérieurs peints de couleur orangée, de même que les deux petites portes étroites et vitrées, laissaient pleinement apparaître le style années trente de ce modeste studio de photographie. La vitrine était décorée avec des portraits de vedettes de cinéma de série B, ainsi que par des fleurs en papier soigneusement agencées. La splendeur de ces stars féminines et leur allégresse paraissaient anachroniques et déplacées, au vu des rues désertes et lugubres qui se trouvaient au-dehors. Si l'on regardait le studio de photographie avec un peu de distance et en prenant de la hauteur, il ressemblait alors à une boîte d'allumettes qui serait ouverte. Les hauts immeubles environnants l'entouraient de façon si dense qu'il se trouvait près d'être démantelé par eux. On pouvait parfois apercevoir s'envoler de là une hirondelle, car autrefois il y avait eu des nids sous l'avant-toit de la boutique. En prenant la peine de regarder attentivement cette fois les fenêtres de l'arrière, on pouvait découvrir que des sous-vêtements de femme et un *qipao* étaient suspendus sur une perche de bambou pour y sécher. Il n'y avait nulle trace de linge d'homme.

C'était là le foyer de Xian. Après la mort de son père, la gestion du magasin lui était revenue ainsi qu'à sa mère. Cette année-là, Xian n'avait que dix-huit ans, et venait tout juste d'obtenir son diplôme du lycée de jeunes filles. Elle n'était pas faite pour mener un studio de photographie et, de plus, n'y portait aucun intérêt. Xian voyait clairement que l'entreprise familiale allait en se détériorant chaque jour davantage et qu'elles étaient à bout de ressources. Un jour, alors qu'elle s'était faite belle pour aller au cinéma voir un film d'Hollywood, sa mère lui dit en lui barrant le passage en haut de l'escalier:

« Retiens ceci, c'est ce soir ta dernière sortie au cinéma. A partir de demain, tu travailleras derrière le comptoir et tu tiendras les comptes. J'ai déjà congédié la personne qui s'en occupait. »

Xian lui demanda:

« Mais pourquoi ? »

Sa mère lui répondit:

« Comment ça, pourquoi ? Est-ce que tu ne comprends pas dans quelle situation nous sommes ? Personne ne vient se faire photographier, alors comment pourrions-nous payer un salaire ? Désormais, nous ne pouvons compter toutes les deux que sur nous-mêmes. »

C'était durant l'année 1938, et Xian se trouvait derrière le comptoir à tenir les comptes. Les affaires marchaient de façon très ralentie, et pour tromper son ennui, Xian tuait le temps grâce aux revues et aux journaux de cinéma de toutes sortes. Elle adorait aller au cinéma mais voyait beaucoup moins de films à présent, car elle ne pouvait quitter son comptoir durant la journée, et le soir elle était également en butte aux sévères restrictions de sa mère en ce qui concernait ses sorties. Aussi Xian en était-elle réduite à chercher une sorte de vague consolation dans les revues et la presse de cinéma. Ses vedettes préférées étaient Hu Die [1] et Gao Zhanfei, et aussi Yuan Meiyun. Parmi ses amies, certaines avaient pu dire que Xian avait une ressemblance avec Yuan Meiyun. Elle répondait dans ces cas-là avec indifférence :

« Yuan Meiyun est venue une fois à notre magasin pour des photos, et elle a fait la même réflexion. »

Xian aimait à porter une capeline. Il s'agissait d'un article anglais de la meilleure qualité, sur lequel étaient brodés des fils d'or et des perles. Lorsqu'elle portait cette capeline, elle donnait l'impression d'être quelqu'un qui a l'expérience du monde, et ses camarades en retour la recherchaient et l'enviaient. Pour l'heure, un numéro du magazine *Les Stars* à la main, elle ne pouvait s'empêcher, en évoquant le passé, d'être d'humeur agitée et sombre. Xian était une jeune fille insatisfaite de son sort.

Le vent soufflait au-dehors. A travers les portes vitrées, on pouvait apercevoir les passants

1. Hu Die (« Papillon ») fut la grande star du cinéma chinois commercial des années trente, et la vedette des fameux studios Mingxing.

engoncés dans leurs vêtements doublés, tandis que les feuilles des platanes tourbillonnaient à leur guise. Les pancartes publicitaires pour la savonnette Beauté et le ginseng Bannière étoilée claquaient bruyamment sous le vent. Un homme entra en poussant la porte vitrée et ôta son chapeau. La badine à pommeau d'argent qu'il tenait à la main était d'un éclat particulièrement intense. C'est cette lueur étincelante qui fit que Xian leva la tête du magazine dans lequel elle était plongée. Elle découvrit cet homme qui se tenait à un mètre cinquante environ de l'autre côté du comptoir, et qui, son chapeau à la main, inclinait la tête en souriant. Lorsqu'elle se remémorerait cette scène par la suite, ce serait toujours pour dire qu'elle avait eu l'impression de défaillir, comme si elle avait su d'avance que l'apparition du patron Meng allait changer le cours de sa vie.

« Monsieur, vous venez pour des portraits ?

— Non, je ne viens pas pour me faire photographier.

— Alors, c'est pour retirer des photos ? Donnez-moi votre ticket !

— Je n'en ai pas, je ne prends pas de photographies. Pourtant, j'aimerais beaucoup vous prendre en photo », dit l'homme.

Xian regarda le patron Meng déposer son chapeau et sa badine en travers du sofa, et sortir lentement un appareil photographique miniature de la grande poche de son pardessus. Il recula d'un pas en arrière et dit à Xian :

« Asseyez-vous là. Posez votre main sur le comptoir, et appuyez-y le menton. »

Xian, accédant à sa demande, avait pris inconsciemment la pose la plus en vogue à ce moment-là sur les photos. Il y eut un éclair au magnésium, et elle entendit le patron Meng dire :

« Ça y est. Quelle expression naturelle, c'est parfait ! »

Au moment où la photo de Xian parut dans le magazine *Les Stars,* elle avait déjà rejoint la maison de films du patron Meng avec un contrat d'actrice. Elle abandonna son travail à la boutique de portraits et se lança à la conquête du rêve dans le monde du cinéma. Durant l'hiver 1938, ses liens avec le patron Meng se développèrent à une vitesse accélérée, et, tous deux inséparables, ils fréquentèrent assidûment dancings et champs de courses, attirant l'attention générale dans le milieu. Ce fut au cours de l'hiver de cette même année qu'elle joua pour la première fois de sa vie dans deux films, et ces deux films devaient aussi s'avérer les derniers. L'un d'eux avait pour cadre la cour impériale à l'époque de la dynastie Qing, et Xian y jouait le rôle d'une petite courtisane vive et rusée.

C'était un rôle secondaire. Quant à l'autre film, il s'agissait d'un rôle très important pour lequel elle interprétait le personnage d'une femme moderne prise dans le tourbillon d'une relation à trois, et qui finissait par se suicider en se jetant misérablement dans une rivière.

Xian quitta très rapidement la boutique de portraits. Le patron Meng avait aménagé pour elle un appartement dans une résidence. Celui-ci se trouvait au huitième étage d'un immeuble avec ascenseur, dont le rez-de-chaussée comprenait des salles de billard, un dancing et un café. Le patron Meng venait souvent s'y distraire jusqu'à une heure avancée de la nuit. Après quoi, il montait par l'ascenseur jusqu'à l'appartement de Xian au huitième étage pour y passer une fin de nuit tendre et complice. Xian savait que le patron Meng était un homme marié, et elle savait également quel statut elle avait auprès de lui, mais elle ne pouvait s'arrêter à cela. Ce qui occupait le plus son esprit à cette époque, c'était la question de ses rôles, et la manière dont il fallait rivaliser avec les stars en haut de l'affiche pour décrocher les rôles principaux. De même que de réussir à s'insinuer auprès des réalisateurs pour que son visage, qu'elle trouvait un peu mince et allongé, captive l'attention des spectateurs à l'écran.

La mère de Xian téléphonait fréquemment à la résidence et lui racontait en soupirant ses difficultés à faire vivre la boutique de photographie. Xian trouvait tout cela assommant. Elle n'avait jamais éprouvé aucun sentiment véritable pour sa mère et cela lui rendait ses bavardages interminables encore plus pénibles à supporter. Par la suite, lorsqu'en prenant le téléphone elle reconnaissait la voix de sa mère, elle raccrochait aussitôt sèchement le combiné.

Le premier voyage que Xian fit au printemps de 1938 lui laissa une impression difficilement oubliable. Elle était avec d'autres vedettes du studio, et elles se rendirent toutes ensemble à Suzhou pour une excursion. Parmi elles, se trouvaient entre autres grandes stars Chen Yunshang et Yuan Meiyun. Elles s'assirent là-bas dans une longue barque en bois, et grignotèrent de la canne à sucre tout en admirant, en ce début de printemps, le paysage des berges de la rivière couvertes de champs et de jardins qui défilaient. Lorsque l'embarcation s'approcha de la pagode de la colline du Tigre, toute une meute de journalistes accourut et se répandit autour d'elles. Les appareils photos crépitèrent et Xian en cet instant fit pleinement l'expérience de ce que représentaient la gloire et la félicité. Elle conserva précieusement, par la suite, la photographie prise lors de cette excursion printanière. On pouvait y voir Xian ainsi qu'un aréopage de vedettes assises à l'avant de la barque, en train de mordiller des portions de cannes à sucre. A l'arrière-plan, on voyait la pagode de la colline du Tigre et les champs de colza couverts d'énormes fleurs en plein épanouissement.

Quand Xian fut devenue une vieille femme, il lui arriva souvent de ressortir cette photographie du fond d'un coffre et d'en examiner attentivement les moindres détails. La beauté et les honneurs d'autrefois avaient brillé en leur temps, avant de disparaître à tout jamais. De fait, ils avaient été là de manière tellement fugace et incertaine qu'elle n'arrivait pas à évoquer de façon concrète le cours changeant de son destin en cette année 1938. Depuis de nombreuses années, elle avait pris l'habitude de ramener l'enchaînement dramatique de tous ces événements à la grossesse accidentelle qui lui était advenue. De plus, elle ne pouvait pas pardonner sa faute au patron Meng. A une occasion, il s'était obstinément refusé à utiliser un préservatif de fabrication américaine, causant par là même la tragédie de sa vie.

Lorsque la grossesse de Xian devint de plus en plus visible, le patron Meng la conduisit dans une clinique privée située à l'écart. Xian se retrouva assise sur une longue table d'examen à attendre que le médecin vienne pratiquer l'avortement. L'appréhension et la peur la faisaient trembler des pieds à la tête, son visage était livide et elle jetait des regards désespérés au patron Meng. Celui-ci était assis en retrait et lisait l'édition du matin de *Shenbao*. Il lui dit :

« Ne crains rien, ça sera vite passé. Toutes les actrices viennent ici et le docteur Zhu est un médecin à la compétence reconnue. »

Xian secoua la tête. Elle annonça :

« J'ai peur. J'ai vraiment une frousse terrible. »

De la salle d'opération parvenait très nettement un cliquetis de ciseaux chirurgicaux. Il semblait bien qu'une opération était en train de se dérouler. Xian entendit la voix perçante d'une femme qui poussait des lamentations aiguës tout en maudissant quelqu'un. Elle écarquilla les yeux au maximum pour essayer de distinguer quelque chose. Et le tremblement qui l'habitait tout entière se fit encore plus violent. Tout à coup, elle sauta au bas de la longue table d'examen et, se cachant le visage, elle se rua au-dehors. Le patron Meng s'élança à sa suite et lui saisit les poignets en disant :

« Mais qu'est-ce qui te prend ? Où t'enfuis-tu ? »

Xian répondit à travers ses larmes :

« J'ai trop peur, je ne me laisserai pas opérer. »

Le visage du patron Meng se ferma. Il dit à Xian :

« Arrête ces enfantillages. Il faut le faire ! »

Xian agrippa la poignée de la voiture et, appuyant sa tête contre la vitre, elle fondit en larmes. Elle dit :

« Ramène-moi à la maison. Je t'en supplie, ramène-moi ! »

Le patron Meng se tenait debout sans bouger. Il déclara :

« Mais qu'est-ce qui te fait peur, au bout du compte ? »

Xian répondit :

« Je crains la douleur. Je suis morte de peur. »

Le patron Meng garda le silence un moment. Puis il ouvrit la portière et poussa Xian brutalement dans la voiture. Elle put l'entendre qui prononçait avec haine cette insulte :

« Sale putain ! »

Ce fut à dater de ce jour que Xian tomba en disgrâce auprès du patron Meng. Elle avait dix-huit ans à l'époque et manquait d'expérience pour affronter les hommes. Elle s'illusionna à tort durant sa grossesse en croyant qu'une fois que l'enfant serait né, le patron Meng reviendrait à de meilleurs sentiments. Par la suite, Xian commença à s'enfermer dans ses réflexions ;

elle se disait que si elle s'était fait avorter ce jour-là, tout aurait pu alors commencer à s'arranger. Une autre cause de cette situation tragique, c'était qu'elle était bien trop jeune et qu'elle avait eu peur de souffrir. Et c'était cette appréhension de la souffrance qui avait mis fin de façon radicale au splendide avenir qui s'ouvrait devant elle.

Au printemps de cette année-là, les Japonais entrèrent dans la ville. La situation chaotique et les troubles qui s'ensuivirent provoquèrent une certaine déroute dans les esprits. Dans les rues, il y avait peu de signes de vie des habitants, et parfois l'on pouvait entendre le bruit des détonations au loin. Xian vivait en solitaire dans la résidence, et chaque jour elle s'appuyait contre sa fenêtre, observant le ciel sombre et couvert et promenant ses regards sur la rue et les passants, l'esprit comme anesthésié. Les larges pans de sa robe chinoise ne parvenaient plus à masquer sa grossesse et de petites taches brunes avaient fait leur apparition sur son visage. Elle n'était plus en état de jouer, et de toute manière n'avait pas de rôle. Des journées entières passaient sans qu'elle ait la moindre occupation, et l'unique chose à laquelle elle aspirait était la visite hypothétique du patron Meng. Toutefois, celui-ci ne venait pour ainsi dire jamais. Elle téléphonait à ses bureaux et chez lui, allant même jusqu'à descendre en hâte à la salle de billard pour essayer de le trouver, mais le résultat était chaque fois décevant et elle abandonna.

Un jour, Xian reçut un coup de fil des studios de cinéma lui enjoignant de venir sur-le-champ.

Xian ne savait pas ce qu'on lui voulait, et elle se maquilla minutieusement avant d'appeler un taxi. Dans la voiture, elle se servit à intervalles réguliers de son petit miroir pour vérifier son allure, préoccupée par l'idée d'être en butte aux attaques des autres actrices. Ce n'est qu'au moment où elle atteignit les studios qu'elle se rendit compte qu'il y régnait une ambiance inhabituelle. C'était la pagaille de tous côtés : les costumes, les accessoires et les rampes des projecteurs abîmés avaient été jetés à terre et jonchaient le sol. Un réalisateur qui se tenait debout très haut dans les cintres du studio de tournage lui cria :

« Tout le monde est parti de son côté, toute l'équipe s'est dispersée ! Dépêche-toi d'aller toucher ton dernier salaire, si tu tardes trop, ils n'auront plus rien pour toi ! »

Xian, troublée et affolée, se fraya un passage parmi tout un groupe de gens qui se disputaient l'obtention de leur paie, et elle demanda à une actrice :

« Et le patron Meng ? »

Celle-ci la dévisagea d'un air peu engageant et répondit :

« Tu le mentionnes encore, celui-là ? Il a filé avec la caisse des studios et s'est enfui à Hong-Kong. »

Aussitôt, Xian fut comme assommée par une énorme pierre qui lui aurait frappé le sommet du crâne. Elle eut un violent éblouissement et s'évanouit au milieu du tumulte de cette foule de gens amassés.

La catastrophe n'avait pas tardé à s'abattre. Xian passa trois journées affreuses couchée sur son lit à la résidence. Tous les jours, elle levait les yeux au plafond en adressant des bordées d'injures au patron Meng. A l'aide de ciseaux, elle mit ses pyjamas de soie en charpie avant de les jeter par la fenêtre. Le quatrième jour, un facteur apporta un mandat de la poste qui était adressé de Hong-Kong par le patron Meng. Xian jeta un bref regard à la somme qui y était inscrite, et elle éclata d'un rire méprisant et glacial. Elle hurla à l'intention de l'employé des postes :

« Mais qui en veut, de cette minable aumône puante ? Vous allez renvoyer l'argent. »

Une fois que le facteur, dubitatif, fut parti, Xian commença à éprouver des regrets. Elle n'avait déjà pour ainsi dire plus d'argent. Il lui semblait voir les ténèbres de l'avenir tapies en embuscade dans le lendemain et dans les jours qui allaient suivre. Comment allait-elle se débrouiller ? A cet instant-là, elle eut un deuxième éclair de lucidité sur sa situation, et elle se mit soudain à penser aux événements qui s'étaient produits à l'hôpital. Elle songeait : Si je ne m'étais pas enfuie de là-bas, et si j'avais suivi ce jour-là la volonté du patron Meng au lieu de provoquer sa colère, la situation n'aurait pas tourné soudainement à un gâchis pareil, et il est fort probable qu'à cette heure je serais à Hong-Kong avec lui. Xian se tira violemment les cheveux, et elle sentit avec acuité qu'elle avait fait ce genre de faux pas que l'on regrette amèrement toute sa vie.

Lorsque le gérant de la résidence vint lui rendre visite, Xian devina à sa mine chiffonnée que quelque chose n'allait pas. Elle resta assise sur son lit sans bouger à écouter l'homme lui conter à n'en plus finir tous ses ennuis. Elle l'interrompit en disant :

« A quoi bon me raconter tout ceci ? Le loyer de mon appartement a bien été payé, n'est-ce pas ? »

Le gérant répondit :

« C'est encaissé. Cependant, c'est un an de loyer qui a été réglé. »

Xian répliqua :

« Alors tout est en ordre. Vous venez de parler d'une année, c'est bien ça ? Et cela fait à peine six mois que j'ai emménagé. »

Le gérant laissa apparaître son embarras. Il se tordait les mains tout en réfléchissant, puis il dit :

« De toute façon, le patron Meng est loin à présent, alors je vais vous révéler quelque chose : avant que vous ne veniez vous installer ici, il avait déjà utilisé six mois du loyer, et à cette époque-là, c'était une autre comédienne qui logeait à votre place. »

Xian resta sans rien dire. Elle lissa la parure d'oreiller et ramassa un cheveu très, très fin qui s'y trouvait. Tout en fixant son regard dessus, elle répondit :

« J'ai compris. Rassurez-vous, je ne chercherai pas à m'incruster ici. »

Un matin, en ce début d'été, Xian quitta la luxueuse résidence. Le ciel était haut et limpide, et une légère brise agitait les fleurs rouges des lauriers roses à l'entrée de la résidence. Xian, accompagnée d'un porteur, alla jusqu'à l'endroit où se trouvaient les tireurs de pousse. Alors, tournant la tête vers le ciel, elle porta ses regards au huitième étage vers cette fenêtre qui avait été la sienne. Le rideau blanc et pelucheux était à moitié tiré comme auparavant, et elle entendit quelqu'un en pleurs derrière sa fenêtre. Cette femme qui pleurait, c'était elle-même. Xian se boucha les oreilles avec ses mains, mais ces bruits de pleurs persistaient toujours. Elle s'entendait véritablement pleurer à chaudes larmes au huitième étage de la résidence, ce n'était pas une illusion des sens mais plutôt une autre forme de réalité.

« Où allons-nous ? demanda le tireur du pousse en tournant la tête.

— Peu importe, répondit Xian.

— Préférez-vous faire le tour des magasins ou bien vous promener dans un lieu de distraction ? lui demanda à nouveau le tireur de pousse.

— Ni l'un ni l'autre. Amène-moi à la boutique de photographie *Huilong*, répondit-elle.

— Mademoiselle avait déjà l'idée de se faire tirer le portrait, dit-il perplexe, mais alors faut-il que mademoiselle emmène deux malles avec elle ?

— Ça suffit ! cria brusquement Xian d'une voix stridente. Conduis-moi à la maison ! A la maison, je te dis ! »

Xian poussa les portes de la boutique de photographie *Huilong* en portant ses deux malles à bout de bras. Les portraits de stars de cinéma qui décoraient la vitrine avaient été remplacés par des couronnes mortuaires et des habits de deuil. Sans rien remarquer, elle entra directement dans la grande pièce du magasin, et ce n'est qu'en découvrant une rangée de couronnes mortuaires de différentes sortes, suspendues entre ciel et terre, qu'elle poussa un cri de frayeur. Le patron du magasin d'articles funéraires connaissait Xian, et il lui dit :

« Tu es revenue ? C'est une bonne chose en tout cas que tu sois rentrée. »

Xian lâcha ses malles et, encore sous le coup de l'affolement, elle demanda :

« Que s'est-il passé ici ? »

Le commerçant répondit ;

« Ta mère m'a cédé le magasin le mois dernier. Elle habite encore en haut. Va donc lui demander qu'elle te raconte. »

Le premier étage servait à l'origine au rangement des étagères contenant les clichés. Maintenant une cuisinière à charbon y était installée. Une marmite en terre cuite était posée dessus et quelque chose était en train d'y mijoter. Xian reconnut l'odeur d'un bouillon au poulet, et alors seulement se souvint qu'elle n'avait pas avalé un repas depuis longtemps. Elle retira le couvercle et, au risque de se brûler, elle détacha une cuisse de poulet qu'elle enfourna dans sa bouche. La porte s'ouvrit sans bruit, et Xian, sans avoir besoin de tourner la tête, sut immédiatement que sa mère se tenait derrière elle. Elle continua à manger sa cuisse de poulet comme si de rien n'était.

« Comment se fait-il que tu sois revenue ? demanda sa mère. Tu n'es plus une star de cinéma à présent ?

— Les studios ont été dissous, répondit Xian.

— Et ton grand patron, est-ce qu'il ne veut plus de toi ?

— Il est mort, dit Xian. Il est mort d'une crise cardiaque.

— Balivernes ! Viens par ici et tourne-toi, laisse-moi voir ton ventre.

— Qu'y a-t-il donc à regarder ? » Xian recracha un os de poulet, puis elle dit : « N'as-tu pas été grosse toi aussi autrefois ?

— Traînée ! lâcha la mère, haineuse. Tu t'es laissée engrosser et tu reviendrais à la maison pour y accoucher ? Mais qui t'a permis de revenir ?

— C'est chez moi, ici. »

Xian alla pousser la porte de la pièce où elle habitait auparavant, mais celle-ci résista, le loquet était fermé de l'intérieur. Tout en appuyant de toutes ses forces, elle interpella sa mère :

« Qui est là-dedans ? C'est un homme, n'est-ce pas ? »

La porte s'ouvrit. En effet, il s'agissait bien d'un homme. Xian le connaissait, c'était Laowang du salon de coiffure *Guoguang*, Laowang chez qui sa mère allait souvent se faire coiffer. Xian lui rit au nez, puis elle tourna à nouveau la tête vers sa mère et lui dit :

« Qui donc est une traînée ? Tu en es bien une toi aussi ! Vendre ainsi le commerce familial, et cacher un homme à l'étage, c'est bien toi la traînée qui en plus n'a honte de rien ! »

Elle vit le visage de sa mère s'empourprer tandis qu'elle restait muette. Au fond d'elle-même, Xian éprouvait de la joie d'avoir obtenu sa vengeance. Il y avait bien longtemps qu'elle n'avait pas goûté un tel plaisir.

Dans la chambre de jeune fille où elle vivait autrefois, l'air était maintenant chargé d'effluves. Elle savait à quoi cela correspondait. A présent, elle haïssait cette odeur tout particulièrement. Elle alla à la fenêtre et tira sur le rideau pour l'ouvrir, et aperçut soudain les pensées bien vivantes dans la jardinière qu'elle avait laissée en partant sur le balcon, au moment de quitter la maison. Les petites fleurs finement ciselées et leurs feuilles vert émeraude reposaient là, sereines dans le soleil, pareilles à de jeunes vierges. Xian resta à leur faire face, et des larmes coulèrent sur ses joues. C'était la première fois qu'elle se laissait aller ainsi à pleurer.

Dans la petite pièce à l'étage au-dessus du magasin d'articles funéraires, la pendule accrochée au mur égrenait son tic-tac. Xian s'asseyait près de la fenêtre, se demandant comment faisait le temps pour s'écouler aussi lentement. Désœuvrée, elle ne sortait pas de la maison, de peur que quelqu'un ne se rende compte de sa grossesse. Elle attendait sans espoir la venue de son accouchement, et ce fut la période la plus sombre et la plus oppressante de toute sa vie.

Xian regardait entrer les gens en deuil. Ils emportaient, les uns après les autres, des couronnes funéraires hors de la boutique. Le commerce marchait beaucoup mieux que l'ancien magasin de photographie parce que, tous les jours, des gens mouraient. Avec amertume, Xian se disait qu'elle devrait peut-être s'acheter une couronne comme celles-là afin de marquer le fait que sa propre vie était vidée de tout espoir.

Durant tout l'été, il fit une chaleur accablante et il plut énormément. Les gouttes de pluie martelaient, de façon maussade, le toit de tôle du magasin de portraits. Xian fixait la rue à travers le rideau de pluie, et son cœur était pareil à une eau stagnante. Un jour, elle vit un petit vendeur de journaux qui, courant à toute vitesse sous la pluie, brandissait frénétiquement au nez des passants les quotidiens qu'il tenait dans les mains. Nouvelles fracassantes ! Nouvelles fracassantes ! La star de cinéma Ruan Lingyu s'est suicidée ! Curieuse de lire ce que disait le journal, elle interpella le petit vendeur et, faisant descendre par la fenêtre un panier en osier contenant de la monnaie, elle en acheta un exemplaire. Elle put voir Ruan Lingyu dans sa dernière pose, son léger sourire s'était transformé à cause de la mort, et il était particulièrement beau et émouvant. Xian lut minutieusement tout l'article puis elle soupira. Elle songeait que si elle aussi s'était suicidée en avalant des médicaments, cela n'aurait pas eu la moindre chance de provoquer un tel émoi dans l'opinion publique. Il n'y avait que peu de gens qui la connaissaient par son nom, et le fait qu'elle meure ou qu'elle soit en vie n'avait somme toute que très peu d'importance aux yeux du monde.

La date de la délivrance approchait pour Xian, et sa mère lui demanda :

« Où prévois-tu d'accoucher de ce bâtard ? »

Xian répondit que cela lui importait peu.

Sa mère ajouta alors :

« Ce sera donc à la maison, et nous allons faire appel à une sage-femme. Il ne faut pas que tu sortes et que l'on perde la face. »

Xian répondit :

« Comme tu voudras. A présent, même la mort ne m'effraie plus, alors comment aurais-je peur de souffrir ? »

En octobre 1938, Xian donna naissance à une fille au premier étage du magasin de photographie. Le bébé pesait à peine quatre livres et tenait dans la main, on aurait dit un petit chaton misérable. Ce nourrisson, c'était Zhi.

Xian essaya de faire parvenir plusieurs lettres au patron Meng dans l'espoir d'obtenir de l'argent pour élever Zhi. Mais ses tentatives se soldèrent par un échec complet. Une de ses lettres lui fut retournée dans un piteux état, l'enveloppe portant la mention *Personne inconnue.* Xian éprouvait maintenant une haine mortelle à l'égard du patron Meng et cette haine déteignit sur les sentiments qu'elle avait pour Zhi. Elle ne lui donnait que rarement le sein, et ne la changeait que peu souvent. Elle pensait que le nourrisson n'aurait probablement pas longtemps à vivre, et il était possible qu'il en fût de même pour elle. Aussi n'avait-elle pas besoin de remplir ses devoirs de mère. Il était fréquent qu'elle s'endorme paisiblement au milieu des vagissements enroués du bébé. La Xian d'après l'accouchement fut encore plus languissante et indolente qu'auparavant.

Zhi grandissait et se développait à un rythme normal. Elle pleurait et criait dès l'aube et jusque tard dans la nuit, mais elle était en vie. Un jour que Xian l'examinait très attentivement, elle découvrit que les traits de sa fille lui ressemblaient de plus en plus, alors qu'ils ne tenaient pas de ceux du patron Meng. Xian en fut émue, et cela lui donna de la compassion pour sa fille. Elle fit entrer le bout de son sein dans la petite bouche de Zhi, et elle lui dit, tout en la tapotant :

« Pourquoi faut-il que tu me ressembles ? Si tu me ressembles, plus tard tu ne pourras connaître qu'une fin malheureuse. Je suis bien celle qui, sur cette terre, est née sous la plus mauvaise étoile. »

Depuis son accouchement, Xian ne se préoccupait plus de son apparence. Du matin au soir, elle avait les cheveux en bataille et la figure sale, et il y avait bien longtemps qu'elle ne se regardait plus dans une glace. Lorsqu'elle se mit à nouveau devant un miroir, elle put à peine se reconnaître. Son corps était devenu complètement obèse, et ses deux yeux magnifiques, dont les réalisateurs étaient prêts autrefois à faire l'éloge, avaient perdu tout leur éclat parce qu'elle dormait trop. Elle songea qu'avec une telle allure il lui serait impossible de reparaître sur les écrans.

Laowang le coiffeur entrait et sortait tout le temps de la maison de Xian, et celle-ci n'avait que mépris pour ce petit homme à la voix de fausset. Elle ne lui adressait jamais la parole, mais Laowang, lui, engageait toujours la conversation, qu'il ait quelque chose à dire ou pas. Lorsqu'ils étaient à table, Laowang leur vantait la saveur des plats, tout en faisant doucement du genou à Xian. Xian retirait sa jambe et elle s'exclamait :

« C'est dégoûtant ! »

Sa mère, naturellement, n'était pas au courant de ce qui se tramait, et elle disait à Xian :

« Si tu as mal au cœur, ne mange pas. Qui te force à terminer ? »

Xian trouvait que cette situation ne manquait pas de piquant et qu'elle ressemblait à une scène de film. Pourtant, elle était en train de se produire réellement dans sa vie à elle, et sous le toit familial. En outre, elle éprouvait de la pitié pour sa mère qui avait derrière elle plus de la moitié de sa vie et s'en remettait à un pareil incapable. Elle aurait bien voulu aussi savoir si sa mère avait ou non l'intention de donner leurs économies à Laowang. Si c'était le cas, elle ne laisserait pas les choses continuer ainsi, et les prendrait en main en le chassant de la maison.

Les choses ne se passèrent pas comme elle l'avait prévu, car la situation connut un développement étrange.

Un jour, Laowang dit à Xian :

« Tes cheveux ont besoin d'une bonne coupe. Viens donc avec moi au salon de coiffure, je te ferai une permanente qui te plaira. »

Xian ne dit rien. Il ajouta alors :

« Rassure-toi, cela ne te coûtera pas un sou. Te faire payer serait te considérer comme une étrangère, pas vrai ? »

Xian passa la main dans ses cheveux en bataille et se dit qu'ils avaient besoin d'être coiffés. Par contre, elle n'avait pas l'intention de sortir de la maison. Aussi resta-t-elle à nouveau sans répondre.

Laowang lui dit finalement :

« Si tu ne veux pas sortir, je peux ramener mes instruments à la maison, avec mon expérience, je peux aussi bien te réussir une permanente ici. »

Xian ne lâcha que ces mots :

« Comme vous voudrez. »

Par la suite, elle prit l'habitude de répondre aux gens de la sorte, en disant simplement ces mots-là : « Comme vous voudrez. »

L'après-midi même, Laowang fut de retour, apportant effectivement ses instruments de coiffure avec lui. Quand il eut lavé avec soin ses cheveux, Xian s'assit bien droite sur un tabouret. Comme elle tenait Zhi serrée contre son sein, Laowang la pria de poser l'enfant. Ce qu'elle fit conformément à ses désirs en allant la coucher dans son lit. Xian reprit sa place et elle se rappela confusément que la dernière fois qu'elle s'était fait coiffer, le patron Meng était encore là et l'avait accompagnée. C'était dans un salon de coiffure extrêmement réputé. Il lui semblait encore voir l'actrice Hu Die qui venait là également se faire coiffer. Aujourd'hui, elle se souvenait de cela comme d'un rêve enfui.

« Tu as de très beaux cheveux. J'aime beaucoup ceux qui sont à la fois souples et libres comme les tiens. »

Les mains de Laowang caressaient avec légèreté les cheveux de Xian.

« Inutile de me flatter, c'est du temps perdu, dit Xian en tournant la tête. Dépêchez-vous de commencer le travail.

— Quand on coiffe, rien ne sert de se précipiter. »

Laowang, derrière elle, jubilait.

« Pour bien faire les choses, il ne faut surtout pas se précipiter. »

Xian pouvait sentir les mains de Laowang qui coiffaient et ordonnaient ses cheveux avec souplesse, puis ce fut le sèche-cheveux qui entra en action en bourdonnant. L'air chaud soufflait sans cesse vers la tête de Xian et il lui semblait que l'intérieur de son crâne était vide, elle sombrait peu à peu dans une sorte de léthargie. Elle ne sut pas à quel moment sa vigilance se réveilla, mais une des mains de Laowang avait commencé à descendre en glissant le long de son cou, et elle se posait déjà au niveau de son épaule.

« Laowang, reste donc un peu correct, je t'en prie, lui dit Xian.

— C'est ainsi que se pratique la coiffure. Particulièrement lorsqu'il s'agit de coiffure à domicile.

— Foutaises ! Je sais très bien que tes petits jeux ne sont pas innocents. »

Xian frappa méchamment la main de Laowang et s'exclama :

« Moi je ne suis pas elle, je ne te laisserai pas folâtrer à ta guise ! Regarde-toi donc en face ! Tu crois vraiment que tu peux te permettre de me tripoter comme ça ?

— Mais qu'est-ce que tu racontes ? Je n'ai que de bonnes intentions. »

Laowang, sans la moindre pudeur ni le moindre embarras, rit de façon guillerette tout en disant à Xian :

« C'est une honte que toi, qui as tourné dans des films, on ne puisse plus te dégeler à présent ! »

Xian reçut la blessure que lui causait cet affront, et ses yeux étincelèrent brièvement de colère. En même temps, son corps qui était crispé et sur la défensive commença à se détendre. Elle se dit soudain qu'il n'était plus besoin de résister aux assauts de Laowang. Et probablement aussi ne pouvait-elle plus se targuer d'exercer ce genre de résistance. Elle tourna la tête et jeta un coup d'œil à la main de Laowang. Cette main ressemblait étonnamment à celle du patron Meng. Elle était pareillement énorme et blafarde, et gorgée de désir. Xian songea au fond d'elle-même qu'il n'y avait pas la moindre différence entre un homme et un autre. Autant laisser cette main faire ce qu'elle voulait.

Le sèche-cheveux émettait son vrombissement, et la main de Laowang explorait avec douceur les parties sensibles du corps de Xian. Peu à peu, elle commença à haleter et sentit son visage devenir brûlant. Quant à son corps, pareil à un saule sous le vent, il ne pouvait que frémir sans trêve. Son lait montait et mouillait son corsage. Elle éprouvait comme une sensation de chute accélérée. Quand ils se retrouvèrent tous les deux sur le sol, elle entendit le sèche-cheveux qui continuait imperturbablement à vrombir, tandis que sur son lit Zhi pleurnichait. Elle entendit aussi, à l'étage en dessous, quelqu'un qui faisait du tapage dans la boutique d'articles funéraires, à propos semblait-il du prix d'une couronne mortuaire.

Du point de vue de Xian, une après-midi comme celle-là était inconcevable bien qu'aussi, dans la réalité, elle fût inéluctable. Et plus tard, ce serait toujours le souvenir d'une mouche qui lui reviendrait lorsqu'elle remonterait à sa mémoire. Cette mouche était venue de dehors en volant par la fenêtre et elle s'obstinait à rester posée sur les fesses blanches et décharnées de Laowang.

Xian considéra tout cela comme roupie de sansonnet. Lorsque sa mère débusqua Laowang sous la couverture, elle se contenta d'enrouler celle-ci bien serrée contre elle et n'exprima aucun sentiment. Elle regarda sa mère crier d'une voix suraiguë en pourchassant un Laowang nu comme un ver et lui cingler le dos avec son balai en bambou. Xian surenchérit en ricanant :

« Frappe-le ! Frappe-le méchamment ! Un homme de cet acabit mérite d'être battu ! »

La scène était insupportable à voir : la mère de Xian tout en pleurs à travers sa colère, le coiffeur Laowang essayant de se cacher où il pouvait, et Zhi dans son berceau, qui pleurait en criant désespérément parce qu'elle était effrayée. Seule Xian restait calmement allongée et regardait tout le monde attentivement et avec une certaine froideur. Son regard croisa celui de sa mère. Dans les yeux de celle-ci, brillait une sorte de lueur glacée de désespoir qui troubla un peu Xian. Elle se tourna dans le lit, le visage face au mur. Le papier peint blanc était tout abîmé, et les rayons du soleil qui traversaient la fenêtre étincelaient sur ce papier lacéré. Cela se passait à l'automne 1939.

A quelques jours d'intervalle, comme Xian faisait la sieste, elle entendit sa mère crier son nom. Le son de sa voix lui sembla particulièrement confus, comme si elle s'adressait à elle à travers le mur. Xian, pour sa part, resta tout le temps de sa harangue sans ouvrir les yeux.

« Laowang m'a pris deux grosses bagues. Tu iras les lui réclamer. »

Xian ne répondit pas. Elle détestait que quelqu'un vienne troubler son sommeil.

« Laowang a également volé la montre en or de ton père. Tu iras aussi la lui réclamer.

— C'est toi qui les lui as données ! Ne peux-tu donc aller toi-même exiger qu'il te les rende ? répondit Xian. Vraiment, il y a de quoi écœurer les gens !

— Je dois partir. Je ne peux pas m'en occuper », dit la mère ensuite, faiblement.

Xian entendit le bruit lent et amorti de ses pas qui descendaient l'escalier, et à cet instant, elle ne pouvait pas deviner que sa mère ne reviendrait plus. Elle avait seulement deviné, au bruit des pas de sa mère quittant la maison, qu'elle portait une paire de chaussures en cuir à talons hauts.

Les tout premiers jours qui suivirent le départ de sa mère, Xian n'alla pas imaginer le pire. Elle se disait qu'elle était sans doute allée faire un tour du côté de Hangzhou et de Suzhou pour se changer les idées, et imagina même qu'elle avait peut-être un autre homme et qu'ensemble ils avaient filé quelque part. Quinze jours plus tard, on l'informa que le cadavre de sa mère avait été remonté dans les filets des pêcheurs aux environs du lac et que le corps était déjà en état de décomposition. Ceux du commissariat de police lui dirent :

« Tu dois aller récupérer le corps. »

Xian était comme au sortir d'un rêve, le visage livide, elle secouait la tête en disant :

« Il n'en est pas question, je n'irai pas ! Vous n'avez qu'à régler cela vous-mêmes ! J'ai bien trop peur de voir un mort en face. »

Le policier lui rétorqua :

« Il s'agit tout de même de ta propre mère ! »

Xian s'enferma dans le mutisme, elle triturait ses ongles et pensait à quelque chose. Finalement, elle se mit à parler toute seule :

« Ça n'en vaut pas la peine. Se suicider pour cette ordure, ça n'en vaut vraiment pas la peine. »

Xian se souvint des dernières paroles de sa mère. Par la suite, elle prit Zhi avec elle et se rendit au salon de coiffure *Guoguang*. Une fois là-bas, elle laissa libre cours à la hargne qui l'emplissait. Quand elle vit Laowang, elle leva la main et le gifla brusquement, ce qui déclencha le plus grand désordre dans le salon de coiffure. Bon nombre d'employés et de clients vinrent s'attrouper en cercle, et Xian, devant l'assistance, retira de force la montre en or du poignet de Laowang, puis elle lui réclama également les deux bagues. Laowang le coiffeur était au comble de la gêne, et il jura qu'il ne connaissait pas l'existence de ces deux bijoux. Xian se dit qu'elles paraient probablement déjà les mains d'une autre femme, et qu'en outre, sa mère étant morte, on ne pourrait plus rien prouver. Elle avait prévu depuis longtemps cette éventualité. Après un instant de gêne réciproque, Xian lui asséna une seconde gifle. Elle s'exclama :

« Une paire de gifles pour une paire de bagues, Laowang, encore une fois, tu t'en tires trop bien. »

Sous les yeux attentifs de la foule, elle essuya la montre en or contre ses vêtements puis la passa à son poignet gauche. Ensuite, serrant Zhi contre elle, elle sortit imperturbable du salon de coiffure *Guoguang*.

L'affaire du scandale et du désordre causés par Xian fut largement commentée par les badauds pendant plusieurs jours, puis progressivement elle tomba dans l'oubli, car les deux protagonistes n'avaient pas l'honneur d'être des gens en vue.

Sa mère, l'ancienne patronne de la boutique de photographie, lui laissa après sa disparition cinq cents pièces en argent ainsi qu'un petit coffret contenant des objets en or. Xian fouilla le coffret, les armoires et jusqu'aux moindres recoins de la maison. Finalement, elle réalisa qu'elle ne trouverait rien d'autre. Froidement, elle fit son calcul : ces valeurs lui permettraient au maximum de tenir trois ans, voire cinq. Xian éprouva alors pour la première fois de sa vie un profond sentiment d'indécision et de désarroi devant l'avenir. Elle se tenait debout devant la fenêtre, et regardait fixement au-dehors les rues animées. Le phonographe d'une boutique passait un air de Zhou Xuan, la chanteuse à la voix d'or. Une actrice qu'elle connaissait sortit d'un magasin de cuirs en tenant un manteau de zibeline et monta dans une petite automobile. Une salve de pétards éclata en provenance du restaurant cantonais, il s'agissait certainement d'un banquet de noces. Xian songea que le monde extérieur l'avait déjà complètement balayée, et à présent elle ne possédait que cinq cents pièces en argent et un petit coffret d'objets en or. En remontant à l'origine des choses, elle ne pouvait pas ne pas penser à Zhi et, dans une certaine mesure, c'était Zhi qui avait provoqué le drame qu'elle vivait. Parfois, Xian, l'entendant pleurer de faim dans son berceau, la laissait geindre un bon moment, et cela lui permettait sans doute d'atténuer un peu sa propre rancœur.

La fin de l'automne fut là, ainsi que le vent frais de la saison, et Xian arriva au terme de ses six mois de vie solitaire. Lors d'une délicieuse après-midi ensoleillée, prenant Zhi dans ses bras, elle descendit l'escalier puis, appuyée au comptoir du magasin d'articles funéraires, elle parla de la pluie et du beau temps avec les employés. Les personnes présentes manifestèrent un vif attrait pour sa brève carrière cinématographique. Xian déclara que dans les films tout était mensonger et fait pour tromper les gens, et elle ajouta qu'interpréter des rôles était ennuyeux et ne valait pas l'intérêt de rester confortablement assis chez soi. Il n'était pas difficile de s'apercevoir que les paroles de Xian sonnaient faux. Elle tenait à la main cette photographie prise à Suzhou lors de la sortie printanière en compagnie de Chen Yunshang et de Yuan Meiyun, et son visage exprimait un sentiment d'impuissance devant le cours inexorable des choses. C'était un fait que Xian était impuissante à dissimuler. A certains moments, elle s'asseyait sur le fauteuil de rotin usé, Zhi serrée contre elle, et toutes deux laissaient leur regard se noyer avec indifférence dans le spectacle de la ville. L'année 1939 s'écoula ainsi sans bruit à leurs côtés.

Ce fut pour Xian la période la plus troublée et la plus accablante de toute sa vie.

L'histoire de Zhi

La physionomie de Zhi offrait une ressemblance frappante avec celle de Xian, sa mère. Zhi avait l'air plus vieille que son âge, tandis que pour Xian c'était justement le contraire. Aussi, lorsqu'elles sortaient ensemble, des gens les prenaient à tort toutes les deux pour des sœurs. Cela rendait Zhi très mal à l'aise et elle consentait rarement à sortir avec sa mère. D'autre part, elle n'aimait pas non plus les robes sortant de l'ordinaire aux couleurs éclatantes que portait Xian, car elle trouvait que cela ne s'accordait pas avec son âge.

En 1958, Zhi sortit diplômée d'un lycée professionnel. Elle avait étudié une spécialité à la fois aride et peu commune : la fabrication du ciment. La plupart de ses camarades de classe étaient des garçons, et ils lui tournaient autour du matin au soir. Cependant, comme il se doit, elle n'affichait que des manières sereines et distantes, comme si cela ne la touchait pas. En vérité, à cette époque-là, elle s'intéressait déjà à Zou Jie. Elle parlait avec tous les garçons et il n'y avait qu'avec lui qu'elle ne discutait jamais. Zou Jie se tracassait continuellement à ce sujet,

Cela dura ainsi jusqu'à la fin de leurs deux années de scolarité. Lorsque le moment de l'affectation des diplômés approcha, Zhi, qui se trouvait au réfectoire, lui demanda :

« A quel endroit voudrais-tu aller travailler ? »

Zou Jie donna le nom d'une cimenterie.

Zhi annonça :

« Alors, j'irai là moi aussi. »

Et elle ajouta :

« Va à ce comptoir faire la queue pour acheter des plats. Moi, je reste ici pour acheter le riz. On mange ensemble, d'accord ? »

Zou Jie était ivre de joie. A compter de ce jour, les relations entre Zhi et lui furent sans ambiguïtés.

Zhi cacha à sa mère sa relation avec Zou Jie, pourtant on aurait dit que Xian n'en ignorait rien. Chaque fois qu'ils revenaient du cinéma ou de la patinoire, elle scrutait Zhi d'un drôle de regard pénétrant, et celle-ci en éprouvait une sorte d'angoisse indicible.

« Tu as un petit ami, n'est-ce pas ?

— Mais non. »

Zhi secouait la tête.

« N'essaie pas de me raconter des histoires, je ne suis pas née d'hier. Comment une chose pareille pourrait-elle m'échapper ?

— Si tu le dis, alors c'est que j'en ai un. »

Zhi sentit son visage qui rougissait.

« Qui est-ce ? Qu'est-ce qu'il fait ?

— C'est un camarade de classe, répondit-elle faiblement.

— Je te demande ce que fait sa famille.

— Je n'en sais rien. Je ne lui ai pas demandé, répondit Zhi. Qu'est-ce que sa famille a à voir avec moi ?

— Tu l'ignores ? Tu ne connais même pas sa situation familiale et tu le fréquentes ?

— Je sais qu'il est membre du Parti, et c'est le seul parmi les élèves qui le soit.

— Et c'est pour cette raison que tu le fréquentes ? Combien d'argent ça vaut, un membre du Parti ?

— Il a une conscience élevée. Il est capitaine de l'équipe de basket-ball, et il sait jouer de la flûte, répondit Zhi.

— Cela ne prouve pas qu'il ait un quelconque talent ! Tu vas te dépêcher de rompre avec lui. Ce ne sont pas les hommes qui manquent ici-bas, et il faut prendre son temps pour bien faire le tri. Surtout, au grand jamais, tu ne dois fréquenter des garçons à la légère !

— Non ! dit-elle.

— Tu ne connais rien aux qualités ni aux défauts d'un homme. Plus tard, je pourrai t'aider à t'en choisir un qui a de l'allure. Dès demain, tu vas aller rompre avec lui.

— Non ! » renchérit Zhi qui se mordillait les lèvres. Elle avait haussé le ton.

A cet instant, Xian était juste en train d'écaler des cacahuètes. Lorsqu'elle entendit pour la deuxième fois Zhi prononcer ce « Non ! », elle entra brusquement dans une rage folle. Elle empoigna les coques des cacahuètes dans le panier et les lança à la figure de Zhi, tandis que celle-ci continuait de répéter : « Non ! » Elle attrapa alors le panier et le lança sur sa fille.

« Si tu ne m'écoutes pas, fiche le camp ! Espèce de petite traînée ! »

Zhi s'esquiva sur le côté, puis, appuyée au montant de la porte, elle resta là un moment, retenant les larmes qui lui montaient aux yeux. Après quoi elle déclara :

« Tu veux que je fiche le camp ? Très bien ! De toute manière, je ne comptais pas rester dans cette maison. Tu crois vraiment que j'y tiens, à ce foyer ? »

Zhi franchit la porte de la maison en se jurant intérieurement de ne plus jamais y mettre les pieds. Cependant, elle ne savait pas où aller, car elle avait déjà rendu son lit au dortoir de l'école et ramené sa literie à la maison. Elle n'avait pas non plus d'amie intime chez qui elle aurait pu se faire héberger. Elle songea qu'il ne lui restait plus qu'à aller trouver Zou Jie. C'était l'unique personne sur qui elle pouvait espérer compter.

La maison de Zou Jie était à bonne distance, et d'autre part Zhi n'y était encore jamais allée. Elle ne pouvait que se fier à l'adresse qu'il lui avait recopiée pour la dénicher. Il faisait déjà nuit noire quand elle se trouva dans une ruelle obscure et délabrée, frappant à la porte de la maison Zou. Elle frappait très timidement contre cette porte. Elle espérait que ce serait Zoo Jie qui lui ouvrirait, et non pas quelqu'un de sa famille, auquel cas elle se trouverait fort embarrassée. Lorsque ce fut lui qui ouvrit la porte, Zhi sentit les larmes lui monter aux yeux, et elle se précipita pour se blottir dans ses bras.

Zou Jie l'entraîna par le bras pour la faire entrer, mais elle était résolue à ne pas y consentir. Zhi, malgré la situation, continuait à être très réservée. Elle se tenait dans cette ruelle et parlait avec Zou Jie, elle parla tant et si bien qu'elle se mit à sangloter. Il lui dit :

« Tout cela vaut-il la peine de pleurer ? Que tu aies quitté un foyer pareil, c'est une bonne chose après tout, et tu n'as qu'à simplement venir habiter sous mon toit. »

Zhi hocha à nouveau la tête, elle répondit :

« Comment est-ce que je pourrais ? Les gens vont faire des commérages ! »

Zou Jie réfléchit, puis il dit :

« Alors, tu vas aller loger chez ma grande sœur, comme cela personne n'ira faire des cancans, et nous aurons quand même l'occasion de nous voir souvent. »

Zhi répondit :

« Ça, c'est possible, mais j'ai seulement peur de ne pas pouvoir y loger bien longtemps, car chez les autres, on ne peut que se sentir gêné. »

Zou Jie rétorqua :

« Eh bien, alors, marions-nous, tout bonnement ! Le mois prochain, nous nous marierons. »

Cette fois, Zhi dans l'obscurité sourit et elle n'ajouta rien.

En 1958, le siège de l'école de Zhi se lança à son tour dans la grande campagne pour la fabrication de l'acier, et sur le terrain de sports s'éleva un haut fourneau rudimentaire. Zhi retourna subrepticement chez elle pour y chercher de vieilles casseroles en fer ainsi que toute autre ferraille. Elle profita du moment où Xian faisait la sieste, car elle ne voulait pas que sa mère la voie. Pourtant, tandis qu'elle furetait à la recherche de marmites usagées, Xian se réveilla en sursaut. Vêtue d'un gilet et d'un bas de pyjama, elle se tenait derrière elle et l'observait. Elle lui dit :

« Tu prends ces vieilles casseroles pour aller les vendre ? Combien crois-tu pouvoir en tirer ? »

Zhi, sans tourner la tête, lui répondit :

« Du matin jusqu'au soir, il n'y a que l'argent qui compte pour toi. Avec de vieilles casseroles, on peut fabriquer de l'acier, tu ne comprends rien. »

Xian soupira faiblement, elle tendit la main et caressa les tresses de Zhi, puis elle dit :

« Tu m'as vraiment fait enrager, depuis deux jours je n'arrive plus à manger quoi que ce soit. Rentre à la maison demain, et amène ton ami, je vous cuisinerai quelques bons plats. »

Cette fois, Zhi jeta un coup d'œil en direction de sa mère et répondit :

« Pourquoi ce nouveau revirement ? N'est-ce pas toi qui nous a demandé de rompre ? »

Xian prit un air impuissant et dit :

« C'est comme tu voudras. Après tout, c'est toi qui veux l'épouser, il ne s'agit pas de mon mariage. Tu veux choisir qui te plaît, eh bien soit ! Qui m'a demandé de t'élever, toi ma fille chérie ? »

Le lendemain, Zhi ramena Zou Jie avec elle à la maison. Quatre petits plats étaient disposés sur la table, et bien que peu copieux, ils avaient l'air exquis. Zou Jie prit une saucisse rouge entre ses baguettes, et il l'enfourna dans sa bouche. Zhi lui donna une bourrade et lui dit à voix basse :

« Ne fais pas n'importe quoi quand tu viens à la maison. Ma mère est très stricte sur l'étiquette. »

Zou Jie répondit :

« Comment se fait-il que cette saucisse soit rouge ? Je n'en avais encore jamais mangé. »

A ce moment-là, Xian arriva dans la pièce, et l'on pouvait s'apercevoir d'un coup d'œil qu'elle s'était maquillée avec soin. Elle était vêtue d'un *qipao* en soie à fleurs jaunes sur fond bleu, très moulant jusqu'à la taille. Et elle avait aussi mis un peu de rouge à lèvres.

Elle jaugea Zou Jie du regard, un regard perçant et bizarre qui le mit mal à l'aise, ainsi que Zhi. Celle-ci ne put s'empêcher de dire à Xian :

« On ne regarde pas les gens comme ça. Ce n'est pas un voleur. »

Xian eut un petit sourire, et elle dit :

« Quel mal y a-t-il à regarder quelqu'un ? Je trouve que le petit Zoo n'est pas mal de sa personne, et il ressemble beaucoup à Gao Zhanfei.

— Qui est ce Gao Zhanfei ? demanda Zou Jie un peu gêné.

— Tu ignores même son nom ? » Xian réfléchit, puis dit : « C'est bien excusable, quand il a été célèbre pour ses rôles au cinéma, vous n'étiez pas encore nés tous les deux.

— Il s'agit donc d'un acteur ! Moi, je n'aime pas les acteurs de cinéma, ce n'est qu'un ramassis de paresseux. Ce sont tous des parasites de la classe bourgeoise », répondit gravement Zou Jie.

Zhi lui donna de petits coups. Il avait lâché une parole malheureuse. Zhi était persuadée que sa mère allait changer d'expression, or elle ne se mit pas en colère. Elle opina de la tête et dit :

« C'est juste, ce sont tous des parasites, et tu parles avec raison. Mais pour tenir cet emploi de parasite toute une vie, il faut encore pouvoir s'appuyer sur un talent. C'est un point que tu n'as pas saisi correctement. »

Par la suite, Xian interrogea Zou Jie avec tact sur la situation de sa famille et celui-ci répondit fièrement :

« Il y a trois générations d'ouvriers à la maison, et je suis le premier de la famille à avoir reçu une éducation. »

A ces mots, l'expression de Xian se fit impénétrable ; elle dit un moment plus tard :

« Un foyer d'ouvriers, c'est bien aussi. Maintenant, nous sommes entrés dans une société nouvelle et les ouvriers ont la cote, alors qu'au contraire, ceux qui ont de l'argent et du pouvoir sont mal vus. »

Lorsque Zhi mit sa mère au courant de ses projets de mariage, Xian fut d'abord atterrée, puis après coup elle se mit brusquement à pleurer. Le bruit de ses sanglots dura longtemps. Zhi regardait sans comprendre le visage défait et meurtri de sa mère, ne sachant trop ce qu'il convenait de faire. Elle avait réagi d'une manière qui dépassait ses prévisions, et elle ne pouvait pas deviner les intentions de sa mère. Xian entra dans les toilettes et verrouilla la porte, à l'intérieur elle pleurait tout en frappant sur quelque chose. Elle déclara :

« Va-t'en ! C'est comme si j'avais élevé un chien. De toute manière, je ne veux pas compter sur toi. N'espère pas que je te donne le moindre sou ! »

Zhi trouvait tout cela ridicule. Elle répondit :

« Je ne t'ai jamais rien demandé. »

En un instant, le cœur de Zhi s'était durci. Dès qu'elle eut fini de prononcer ces paroles, elle entra dans sa chambre et en claqua la porte.

Par une journée d'été, Zhi se maria et entra dans la famille Zou. Elle n'avait pas de trousseau et n'apporta chez les Zou qu'une unique malle en cuir râpé. A l'intérieur de cette malle, il y avait tous ses vêtements, et aussi des livres spécialisés sur les techniques de fabrication du ciment. Zhi ne voulait pas ébruiter l'annonce de son mariage, mais les Zou tenaient fermement à organiser un banquet de deux tablées. La mère de Zou Jie lui dit :

« Il est vrai que personne de ta famille ne viendra, mais de notre côté les parents sont nombreux. L'argent pour la noce a déjà été collecté, et il faut bien célébrer un peu l'événement. »

Pour la cérémonie de mariage, Zhi avait revêtu une robe simple de couleur unie. Elle arborait une mine distante et paraissait préoccupée. Tous les invités demandèrent à Zou Jie :

« Pourquoi la mariée n'a-t-elle pas l'air de s'amuser ? »

Il répondit :

« C'est son air naturel, elle ne rit jamais. »

Les invités dirent :

« Ce n'est pas possible, ça ! On veut entendre la mariée chanter quelque chose. »

Zou Jie s'adressa à Zhi :

« Chante donc une chanson. »

Zhi resta assise toute droite sans bouger. Elle répondit :

« Je ne sais pas chanter. »

Les convives ne se résignèrent pas :

« On veut voir la mariée danser. »

Elle répondit à nouveau :

« Je ne sais pas danser. »

L'ambiance du banquet de mariage devint dès lors maussade et, mis à part Zhi, tout le monde trouvait qu'il manquait d'agrément. Zou Jie n'eut d'autre recours que de venir avec sa flûte, et de jouer à l'assemblée quelques airs au petit bonheur.

Le logement des Zou était surpeuplé. La grande sœur et les parents de Zou Jie s'entassèrent ensemble afin de pouvoir libérer une pièce pour Zhi et lui. Cette pièce était minuscule, sans fenêtre, et la lumière y restait allumée du matin au soir. Une ampoule électrique de quinze watts éclairait faiblement les quelques éléments d'un mobilier sommaire, et elle brillait aussi sur la nouvelle vie de jeune mariée de Zhi.

Les tout premiers jours, Zhi s'asseyait souvent sur le lit et pleurait à n'en plus finir. Zou Jie avait beau la câliner, c'était sans résultat. Il déclara avec une pointe de colère :

« Je suis d'une famille de prolétaires, et ce sont nos conditions de vie. Tu aurais dû le savoir.

— Mais non, dit Zhi tout en essuyant ses larmes. Ce n'est pas à cause de cela, c'est que j'ai peur.

— Que crains-tu ? Je suis à tes côtés, alors pourquoi as-tu peur ?

— Je ne peux pas vraiment l'expliquer. »

Zhi baissa la tête et regarda les deux paires de sandales sur le sol. Elle poursuivit :

« Peut-être que nous avons agi trop à la légère. Quand je pense à notre vie future, je manque d'assurance. Et j'ai peur de ce qu'il y aura après. Si plus tard nous ne nous entendons plus, que ferons-nous ?

— Ton penchant petit-bourgeois est trop fort. »

Zou Jie poussa un soupir.

« Et si la cellule de la Ligue n'a pas ratifié ton entrée à la Ligue de la jeunesse communiste, c'est bien pour cette raison. »

A cette époque-là, Zhi avait été affectée, en même temps que Zou Jie, à la cimenterie où elle travaillait à présent. L'usine était située loin de chez eux et, pratiquement tous les jours, ils partaient très tôt le matin pour revenir seulement tard dans la soirée. Quand ils rentraient à la maison, ils étaient épuisés. Le soir, Zhi mangeait quelques bouchées de son dîner à la va-vite avant de se jeter sur le lit pour se reposer. Elle fourrait son linge sale dans une bassine et le mettait à tremper dans l'eau, mais, chaque fois, elle oubliait d'aller le laver. Ses conflits avec les membres de la famille Zou commencèrent avec ce linge. Elle entendit un jour à travers la porte sa belle-sœur qui disait en martelant ses mots :

« Celle-là, elle se prend pour une demoiselle. Elle fait laver son linge par les autres. »

Zhi savait que c'était elle qui était visée. Elle sortit, et vit que les Zou affichaient une mine embarrassée. La mère de Zou Jie ôta ses vêtements de la bassine et lui dit :

« Regarde, tes habits trempent depuis deux jours et maintenant ils sentent mauvais. Il vaut mieux que je te les lave. »

Le visage de Zhi s'empourpra jusqu'aux oreilles, elle s'empara du tas de linge et le remit dans la bassine, puis, sans souffler mot, elle entreprit de le laver. Cette fois encore, ses larmes se mirent à couler. Elle eut l'impression que l'animosité des Zou à son égard était en relation directe avec des problèmes liés à l'origine sociale de la famille.

Puis ce fut la question de la vaisselle qui prêta à discussion. Bien que Zhi lavât elle-même ses vêtements, chaque fois qu'elle avait fini de manger, elle empilait les bols sales dans un coin puis sortait, ce que les membres de la famille Zou ne supportaient pas. La mère de Zou Jie raconta à table que, quand elle était jeune mariée, elle avait dû endurer toutes sortes d'épreuves, mais Zhi ne saisit absolument pas le sens caché de ces paroles. Jusqu'à ce qu'une fois, Zou Jie lui dise :

« Tu dois laver toi aussi la vaisselle. N'attends pas toujours que les autres soient à ton service. »

Zhi réalisa pleinement à ce moment-là qu'elle n'arriverait pas à s'entendre avec les Zou.

Elle répondit d'un ton glacial :

« Je ne la ferai pas. Je préfère ne pas manger et donc ne pas faire la vaisselle. »

De fait, elle ne vint pas manger à table pendant deux jours. Elle allait dans la rue et mangeait pour l'instant des raviolis et des petits pains à la vapeur en guise de dîner. Le troisième jour, la mère de Zou Jie lui dit :

« Si tu n'arrives pas à t'y faire de manger avec nous, alors mange de ton côté. Il y a un autre fourneau dans la maison. »

Zhi répondit :

« Je ferai comme je veux. Que je mange ou pas, ça n'a aucune importance. »

La mère de Zou Jie rétorqua :

« Zou Jie mangera avec toi désormais. Son plat préféré, c'est le porc braisé. »

Zhi répondit :

« Je ne sais pas faire le porc braisé. S'il veut en manger, il faudra qu'il se le prépare lui-même. »

Depuis le début de son mariage, Zhi n'avait connu aucun moment de joie. Elle savait qu'elle en était pour une part responsable. D'un autre côté, elle était pleine de mépris pour les Zou. Elle considérait que cette famille était vulgaire et insignifiante, et nullement mieux que leur foyer, à sa mère et elle. En plus du reste, Zhi avait beau faire, elle était incapable de s'habituer à utiliser le seau d'aisance. Chaque fois qu'elle sortait pour aller le vider, elle éprouvait au fond d'elle-même un dégoût sans limites.

Elle chargea Zou Jie de formuler une demande auprès de l'usine afin d'obtenir un logement pour eux deux, mais elle essuya un refus. Zou Jie déclara :

« Je suis membre du Parti, comment est-ce que je pourrais donner l'exemple si je vais jouer les quémandeurs auprès de l'organisation pour obtenir un appartement ? En plus, nous avons déjà un logement. »

Zhi répondit :

« Ça, un logement ? Il n'y a même pas de fenêtre et c'est irrespirable. Quoi qu'il en soit, je ne supporte plus d'habiter ici. »

Zou Jie rétorqua :

« Tu es donc incapable de surmonter ces désagréments ? Je sais depuis longtemps que tu es exigeante et fière, et qu'il t'est impossible d'endurer quoi que ce soit, mais tu ne veux pas le reconnaître. »

Elle répondit :

« Tu peux dire ce qui te plaît, mais je ne veux plus habiter ici. Demain, je retourne chez ma mère, car je préfère supporter son humeur à elle plutôt que de rester là à supporter celle de toute ta famille réunie. »

La mine de Zou Jie se décomposa. Il fixa Zhi avec rage un long moment puis, finalement, il dit sur le ton de la rupture :

« Très bien. Pars. Tourne le dos à cet endroit. Mais moi je ne le ferai pas. »

Zhi réalisa à cet instant que cette querelle allait aboutir à leur rupture, et ce n'était absolument pas ce qu'elle avait souhaité au départ. Elle demanda, incertaine :

« Tu ne pars pas avec moi ? »

Il dit en lui tournant le dos :

« Je ne pars pas. Je ne suis pas disposé à aller chez vous. Je déteste ta mère. »

Zhi se mordit les lèvres, les mots n'arrivaient pas à sortir de sa bouche. Elle éprouvait envers Zou Jie une immense déception et une haine rentrée.

En 1958, la boutique de photographie *Huilong* d'autrefois, après d'importants travaux de rénovation, reprit son activité première. Cependant, l'établissement avait subi un changement complet de style. Il s'appelait à présent le studio photographique d'Etat *Drapeau rouge*. Le studio *Drapeau rouge* se trouvait au rez-de-chaussée, tandis qu'à l'étage s'ouvrait une unique porte derrière laquelle vivaient Zhi et sa mère Xian. Le plancher de l'étage formait la stricte séparation entre l'activité publique d'un côté et la vie privée de l'autre.

Lorsque Zhi retourna chez sa mère, la réaction de Xian fut extrêmement prosaïque. Elle lui dit :

« Je savais que tu reviendrais. Après tout, tu es ma fille. »

De plus, elle lui demanda :

« C'est Zou Jie qui te malmenait, n'est-ce pas ? »

Zhi ne dit mot. Elle paraissait fatiguée et flétrie, et elle ne souhaitait pas parler.

Xian l'examina d'un air froid et sévère puis, tout à coup, elle dit :

« Tu ne m'as jamais considérée comme une mère. Si j'avais su cela, j'aurais pris mon courage à deux mains et je l'aurais fait. »

Zhi ne comprit pas ce que lui disait sa mère. Elle alla vers sa pièce et dit :

« S'il te plaît, laisse-moi tranquille un moment. »

Au moment où elle refermait la porte, elle entendit sa mère qui reprenait :

« Je regrette si amèrement. Pourquoi a-t-il fallu que je m'enfuie ? »

Zhi avait aussi des regrets. Elle avait des regrets en pensant qu'elle n'aurait pas dû se marier avec Zou Jie de façon aussi précipitée. Du moins lui aurait-il fallu un peu de temps pour mieux l'apprécier. Le mariage, qui engage toute une vie, ne doit pas être laissé à l'initiative du premier sentiment. Zhi était couchée sur le lit en fer d'autrefois, et sur le drap blanc, elle regardait une petite empreinte qui avait jauni. L'atmosphère de ses rêves de jeune fille d'avant le mariage l'environnait pareillement. Elle se sentit désappointée, comme si ses rêves étaient éteints à jamais. L'univers tout entier avait perdu son éclat.

Durant ces jours où ils habitèrent chacun de leur côté, Zhi évita Zou Jie. Dans les bureaux simples et rudimentaires de la cimenterie, une cloison de bois les séparait, et elle pouvait apercevoir ses cheveux ébouriffés. La tête de Zou Jie tantôt surgissait au-dessus de la cloison, et tantôt replongeait, et Zhi feignait de ne rien voir. Un jour, à la sortie du travail, il la suivit à vélo depuis l'usine jusqu'à la boutique de photographie *Drapeau rouge*. Elle fit encore semblant de ne s'apercevoir de rien. Elle pénétra chez elle et se tint au pied de l'escalier, attendant que Zou Jie entre à son tour. Elle pensait qu'il le ferait, mais il resta un moment devant la vitrine du magasin, avant d'enfourcher à nouveau sa bicyclette et de repartir. Elle éprouva aussitôt une immense déception, elle avait l'impression d'avoir reçu une douche glacée.

En réalité, Zhi attendait que Zou Jie vienne la rejoindre chez elle, mais elle n'avait aucune certitude qu'il le ferait. Neuf jours passèrent dans l'impatience et l'ennui. Le neuvième jour, Zhi éprouva aussi de la rancune mêlée, et elle se dit qu'elle n'attendrait qu'un jour de plus. Si le lendemain il ne venait toujours pas, elle cesserait à jamais toute vie conjugale avec lui. Zhi était en effet une femme d'apparence douce, mais au fond d'elle-même, elle avait un fort caractère.

Le dixième jour, il plut. La pluie torrentielle qui s'abattait derrière la vitre livrait Zhi au découragement. Elle était penchée contre la fenêtre qui donnait sur la rue voisine et scrutait cette rue à travers les nappes de pluie. Elle aperçut une bicyclette qui s'arrêtait, hésitante, au pied de l'immeuble. Zou Jie couvert de son vêtement de pluie descendit de vélo, et vint frapper doucement à la porte. Zhi sentit une bouffée d'air chaud lui traverser le cœur. Elle se mit à crier en direction de l'étage inférieur :

« Ce n'est pas fermé ! La porte est ouverte ! »

Zou Jie était venu en amenant une couverture avec lui. Comme cette couverture était emballée dans du papier kraft, elle avait été trempée par la pluie. Zhi l'étendit sur une perche de bambou et demanda :

« Pourquoi donc as-tu apporté une couverture ? »

Zou Jie répondit :

« Je dors dans mes propres affaires. Je ne dormirai pas dans une de vos couvertures. »

Zhi objecta :

« Et pourquoi donc ? »

Zou Jie était mal à l'aise :

« Je sens des pieds, et j'ai peur de salir une couverture de chez toi. »

Elle pouffa de rire en cachant sa bouche.

« Je vois que tu es toujours aussi méticuleux. »

Dans la nuit, la pluie continua de tomber. Zhi avait du mal à trouver le sommeil et elle regardait Zou Jie de l'autre côté de l'oreiller. Il était en train de rêver et ses lèvres remuaient, une petite bulle longeait sa lèvre inférieure. Zhi caressa le visage de Zou Jie, et soudain elle éprouva de la peur au fond d'elle-même. S'il n'était pas venu aujourd'hui, comment les choses se seraient-elles passées entre eux par la suite ?

L'emménagement de Zou Jie provoqua une réorganisation dans la vie des occupantes du premier étage du magasin de photographie. Xian lui confia une partie des travaux ménagers, comme l'achat du riz et le transport du charbon. C'était bien naturel : Zou Jie avait effectué sans peine de nombreux travaux de force et il ne craignait pas l'effort. Il était puissant et bien bâti, et débordait en outre d'une vigueur hors du commun. Xian faisait souvent l'éloge de ses forces devant Zhi et Zou Jie. Elle ajoutait :

« Comment se fait-il que je n'ai pas croisé un homme pareil quand j'étais jeune ? »

Ce genre de propos tenus par sa mère dégoûtait un peu Zhi, de même que ses paroles et sa conduite légère avec les hommes en général.

Du fait que mari et femme vivaient en compagnie de Xian sous le même toit, Zhi parfois prenait conscience de détails subtils. Zhi savait quel genre de femme était sa mère. Elle n'arrivait pas à se détacher d'une puissante impression qui ne la quittait pas et qu'il était difficile de formuler clairement. Elle soupçonnait Xian d'épier leurs activités sexuelles, aussi, la nuit, exigeait-elle chaque fois de Zou Jie qu'il agisse en douceur, afin de ne pas laisser échapper de bruits inconsidérés. Elle soupçonnait sa mère de se cacher derrière leur porte et d'écouter furtivement leurs ébats. Ces doutes lui causaient de l'embarras, car elle n'avait aucun moyen d'expliquer cela à Zou Jie.

Un matin, très tôt, Zhi fut réveillée en sursaut par des bruits derrière la porte. Elle ouvrit les yeux, aperçut le temps d'un éclair le visage de Xian à travers le vasistas, et poussa un grand cri. L'impression qu'elle avait eue se confirmait. Zou Jie, réveillé en sursaut par son cri, vit qu'elle était assise là, interdite, le visage blême. Il demanda :

« Que t'arrive-t-il ? »

Zhi dissimula son visage et se recoucha. Elle répondit :

« Ce n'est rien, j'ai aperçu un rat. »

Le lendemain, Zhi utilisa du journal pour masquer la vitre du vasistas. Lorsqu'elle vit sa mère le lendemain, elle éprouva au fond d'elle-même un sentiment de dégoût. Xian paraissait comme d'habitude, elle déclara :

« Il y avait une mouche sur votre carreau et je l'ai écrasée. »

Zhi ne répondit rien. Elle pensait : Si seulement ça avait été une mouche !

Le naturel de Zhi, porté à la méfiance, la rendit obsédée par cet événement. Elle resta sombre et morose durant plusieurs jours. Zou Jie n'en connaissait pas la raison. Il se plaignit :

« Tu es d'une humeur tellement changeante ! N'étais-tu pas folle de joie il y a deux jours ? »

Elle lui répondit d'un ton agité :

« Laisse-moi tranquille. Tant que nous n'aurons pas de maison à nous, je ne pourrai pas être heureuse. »

Zou Jie rétorqua :

« C'est toi seule qui as voulu venir. Si tu ne souhaites plus vivre avec ta mère, retournons chez moi. »

Zhi fit non de la tête :

« Ce n'est pas non plus mon chez-moi, je n'ai pas envie d'y aller. Restons ici. Elle mourra bien un jour, et quand elle sera morte, nous serons tranquilles. »

Les nuits qui suivirent, Zhi fit de nombreux rêves tous analogues. Dans l'un d'entre eux, Xian se trouvait derrière Zou Jie et l'aidait à ajuster le col de son vêtement. C'était l'unique détail de ces rêves dont Zhi osait se souvenir. Tous ces songes la tourmentaient. Elle savait qu'ils vérifiaient le dicton selon lequel les pensées de la journée engendrent les rêves de la nuit, aussi se haïssait-elle de toujours penser à ces choses sales et sans intérêt, et de plus improbables. Même si elle n'avait pas confiance en sa mère, elle n'en devait pas moins s'en remettre à Zou Jie. Zou Jie et sa mère étaient deux personnes incompatibles l'une avec l'autre.

Par la suite, lorsque Zhi se mit à songer à la bizarrerie de ses pensées d'alors, elle se trouva ridicule. Elle ne pouvait qu'imputer tout ceci au même sentiment d'insécurité qui était profondément ancré au fond d'elle-même. Il venait de loin, et elle se rappela que, dans sa petite enfance, sa mère l'enfermait souvent à clé dans une pièce, ce qui la terrorisait. Lorsqu'elle était une enfant, un dentiste venait souvent à la maison, et dès qu'il arrivait, sa mère l'envoyait dans l'autre pièce pour dormir. Zhi se retrouvait seule dans le noir et, effrayée, elle courait pieds nus pour frapper à la porte de sa mère, mais la porte ne s'ouvrait jamais. Zhi ne pouvait que retourner dans le noir en pleurant et elle ressentait une panique extrême. Quand, plus tard, elle repensa à ces événements, elle leur attribua la haine et la crainte qu'elle éprouvait envers sa mère. Zhi, si elle l'avait pu, aurait sans aucun doute quitté sa mère, mais malheureusement elle n'avait pas le choix. A cela s'ajoutait le fait qu'elle était une jeune femme insociable et fragile.

Durant l'année 1958, Zhi se lança dans le bouillonnant mouvement du Grand Bond en avant en qualité de jeune technicienne des cimenteries. Sa silhouette menue et fine, travaillant dans son bleu de chauffe sur le chantier de la cimenterie, attirait beaucoup l'attention. Elle participa à la production expérimentale de ciment blanc et obtint une médaille pour cela. Zhi chérissait beaucoup cette médaille, et elle la rangea dans son coffret à bijoux en velours vert.

Le coffret contenait également un collier d'or fin et une bague en jadéite, c'était là tout le trousseau que Xian lui avait offert après son mariage.

Un jour, alors qu'elle était sur le point de sortir, elle fut arrêtée par les cris de Xian, sa mère. Xian venait juste de se faire extraire une dent, et elle sortit un coton taché de sang de sa bouche pour dire à Zhi :

« Est-ce que tu te souviens de tonton Huang ? Il était dentiste, et quand tu étais petite, il te donnait souvent du chocolat. »

Zhi répondit :

« Comment ne pas m'en souvenir ? Dès qu'il venait, tu m'envoyais dormir seule.

— Avant-hier, je suis tombée sur lui au service de stomatologie de l'hôpital. Il est encore en activité, et c'est lui qui m'a extrait cette dent. Je n'ai rien senti. »

Zhi répliqua :

« Où veux-tu en venir à la fin ?

— Huang le dentiste est resté l'homme galant et décontracté qu'il était. Il n'a pas un cheveu blanc et se tient bien droit. Sa femme est morte l'année dernière d'une septicémie. »

Zhi avait compris les sous-entendus de sa mère. Elle lui dit, agacée :

« Si tu penses te marier avec lui, très bien, cela m'est complètement égal. Je dois partir au travail à présent.

— Attends, laisse-moi te dire les choses plus clairement. »

Xian la retint encore et ajouta :

« Pour l'instant, le dentiste Huang loge dans un dortoir. Au cas où il viendrait habiter ici, il faudrait que Zou Jie et toi vous partiez. »

Tout s'éclaira dans l'esprit de Zhi, et la fureur et la haine lui dévorèrent le cœur. Elle dit à Xian en grinçant des dents :

« Le jour où il entrera à la maison, nous en sortirons sur-le-champ. Ne va pas t'imaginer que nous chercherons à nous incruster ici. »

Les jours qui suivirent, Zhi et Xian n'échangèrent pas un mot. Zhi cacha cette affaire à Zou Jie car, sinon, il aurait voulu immédiatement repartir chez lui dans cette pièce obscure. Elle ne pouvait rien faire d'autre que de pleurer en secret dans les toilettes. Elle se détestait d'être née dans ce foyer triste et sans chaleur et pensait qu'elle était probablement la personne la plus mal lotie en ce bas monde.

Juste au moment où Zhi commençait à se faire du souci pour l'hébergement qu'il leur faudrait trouver, les choses prirent un cours nouveau. Un beau jour, à peine rentrée à la maison, Xian se mit à maudire le dentiste Huang à haute voix, en criant qu'il n'était qu'un coureur de jupons, et elle ajoutait que tous les hommes sur cette terre n'étaient que des coureurs de jupons aussi. Il n'y en avait pas un de bien. Zhi lui demanda d'un ton distant :

« Que se passe-t-il en fin de compte ? »

Xian n'arrivait plus à contenir toute son indignation, elle dit d'une voix suraiguë :

« Il s'est acoquiné avec une infirmière ! »

Zhi ne put s'empêcher de lâcher cette phrase blessante :

« Mais toi, tu t'es bien acoquinée avec lui aussi, n'est-ce pas ? »

Xian la tapa férocement avec son sac en paille tressée.

« Tu te réjouis du malheur d'autrui ! Vous voulez me voir mourir de rage, et quand ce sera fait, vous pourrez couler des jours heureux ! Les hommes ne valent rien, mais les femmes, elles, ne valent guère mieux ! Il n'y a pas une chose qui soit estimable sur cette terre. »

Zhi accrocha le sac de sa mère au mur et, tournant la tête, elle vit l'expression hystérique peinte sur son visage. Elle ressentit du dégoût au fond d'elle-même. D'un autre côté, elle se félicitait de ce dénouement des amours de sa mère : ainsi, elle ne serait pas forcée de recommencer sa vie à zéro.

Zhi, une nouvelle fois, se lança de toutes ses forces dans l'expérimentation de la production de ciment blanc. Et en 1958, la production de ciment blanc Grand Bond en avant fut lancée. Le jour de la mise en exploitation, les dirigeants de la municipalité et de l'autorité centrale vinrent couper le ruban pour l'inauguration, puis ils posèrent pour la photo-souvenir avec les techniciens. Cette photographie fut publiée peu après à la une du quotidien *Libération*. Zhi se trouvait elle aussi sur cette photographie, elle était dans la partie gauche du groupe et portait un bouquet de fleurs dans les mains. Zhi n'aimait pas sourire sur les photographies, même à l'occasion d'une célébration aussi enthousiaste que celle-ci, et on voyait qu'elle arborait une mine soucieuse.

Après son mariage avec Zou Jie, Zhi ne connut pas une seule grossesse. Elle ne s'en expliquait pas la raison, car leur vie sexuelle était normale. Zhi n'était pas spécialement portée sur ces choses-là mais, d'un autre côté, elle ne souhaitait pas utiliser de moyen contraceptif. Dans son inconscient, elle espérait avoir un enfant. Elle découvrit que Zou Jie adorait les enfants. Après l'un de leurs ternes ébats, elle l'interrogea :

« Préférerais-tu avoir un garçon ou une fille ? »

Il lui dit :

« Une fille. Et toi ? »

Zhi répondit avec gravité :

« Je ne veux pas d'une fille. Je voudrais un garçon. »

Zou Jie répliqua :

« Je n'imaginais pas que tu avais encore cette mentalité féodale. Dans cette société nouvelle, les garçons et les filles sont sur un pied d'égalité. »

Elle secoua la tête :

« Ce n'est pas ce que je voulais dire. Par moments, je ne m'exprime pas clairement. Il y a énormément de choses que les femmes ressentent, alors que les hommes non. Est-ce que tu comprends ? »

Un beau jour, Zhi repoussa Zou Jie avec désespoir et, les yeux vers le plafond, elle dit :

« A quoi bon ? Nous devrions aller faire un examen chez le médecin. Il est probable que l'un d'entre nous a un problème. »

Zou Jie répliqua :

« Mais non. D'ailleurs, on ne fait pas ça que pour avoir des enfants. »

Zhi répondit d'une voix rauque :

« Si, c'est la seule chose qui m'intéresse. »

Zou Jie regarda l'expression lasse et découragée de Zhi et il se sentit abattu. Il réalisa soudain que Zhi lui tenait tête. Son objectif était uniquement tourné vers cet enfant. « Et s'il en est ainsi, ne suis-je devenu qu'un simple étalon ? » se demanda-t-il. Il se sentait blessé et humilié, et la vigueur de son désir en fut inhibée. Durant les nuits qui suivirent, Zou Jie, ne songeant qu'à lui-même, ronfla profondément.

En 1959, lors d'une journée de congé, Zou Jie accompagna Zhi chez le médecin. Il attendait dehors depuis un très long moment, quand soudain il l'entendit qui éclatait en sanglots dans le cabinet de consultation. Zou Jie devina ce qu'il se passait, et il ressentit aussitôt un vide s'installer au tréfonds de lui-même, tandis qu'il était gagné par le découragement. Au moment où elle réapparut, les larmes de Zhi coulaient sans bruit. Elle fixa Zou Jie d'un regard éteint.

« Comment appelle-t-on cela lorsque les trompes sont obstruées ? Mais pourquoi suis-je condamnée à subir un chagrin pareil ? N'importe qui peut avoir des enfants, alors pourquoi ne connaîtrais-je pas un tel bonheur ? »

Zou Jie l'aida à sortir de l'hôpital. Elle chancelait en marchant, et elle lui dit sans cesser de pleurer :

« S'il arrivait que j'aie un enfant, je serais bonne avec lui. Je ne le laisserais pas connaître la moindre souffrance. Mon Dieu, pourquoi ne me permettez-vous pas d'accueillir en moi un enfant ? »

Après son retour de l'hôpital, le moral de Zhi était au plus bas. Elle passa plusieurs jours le cœur brisé, puis commença à reprendre la maîtrise d'elle-même. Elle se posta devant le miroir, examinant sa mine défaite. Comme elle avait pleuré des jours durant, son visage commençait à gonfler. Zhi saisit un peigne et se mit à coiffer ses cheveux. Elle demanda à Zou Jie :

« Que penses-tu que nous devrions faire ?

— Comment cela, que devrions-nous faire ? répondit Zou Jie.

— Prévois-tu de divorcer ? »

Zhi glissait le peigne dans ses cheveux. Elle ajouta :

« Si tu souhaites le divorce, je suis d'accord, car je ne veux pas porter le fardeau infamant de t'avoir privé d'une postérité.

— Ne dis donc pas de bêtises, lui répondit Zou Jie d'un ton irrité. Je te l'ai dit depuis longtemps, le travail compte en premier, et la famille en second. Qu'il y ait des enfants ou pas, c'est la même chose.

— C'est ce que tu penses pour le moment, mais quand le temps aura passé, tu ne seras plus du même avis, lui dit Zhi. Et tu n'as aucunement besoin de passer ta vie entière avec une femme qui ne pourra pas te donner de descendance.

— Je n'arrive à rien avec toi, dit Zou Jie en soupirant. Tu es constamment en train de te torturer. Est-ce que, véritablement, tu n'as pas confiance en mes sentiments pour toi ?

— Tout peut changer, il n'y a guère que le destin des gens qui ne change pas. »

Zhi jeta le peigne sur la table et caressa ses cheveux. Elle déclara :

« Ma mère m'a mise au monde pour que j'endosse son tragique destin. J'éprouve une haine mortelle envers elle. Je suis une enfant naturelle, et de fait je n'aurais pas dû naître. C'est pourquoi je suis condamnée à ne pas pouvoir jouir du bonheur et des joies d'autrui. N'importe qui peut avoir des enfants, mais pas moi. Est-ce que c'est ma faute ? »

Elle parla beaucoup ce jour-là. Zou Jie n'en pouvait plus de l'écouter et il trouvait que l'esprit de Zhi montrait un penchant pour des pensées malsaines. Cependant, il avait négligé un tout autre penchant, bien plus redoutable. Zhi avait perdu tout espoir en la vie et moralement elle avait touché le fond.

Une nuit de l'automne 1959, Zhi se rendit en cachette aux toilettes et elle avala la moitié d'un tube de somnifères. Après quoi, elle retourna calmement s'étendre à côté de Zou Jie. Zhi avait prévu de quitter ainsi la vie. Sur le mur des toilettes, elle avait tracé au stylo à bille ses dernières volontés à l'intention de Zou Jie :

« Zou Jie, n'oublie pas de payer ce mois-ci à ma mère cinquante yuans pour les frais de la maison. Je t'aime. »

Lorsque le matin de bonne heure Zou Jie s'éveilla, il s'aperçut que Zhi dormait paisiblement, il la secoua doucement, mais elle ne bougea pas. Il pensa attendre un peu avant de la réveiller à haute voix, aussi se rendit-il aux toilettes. En découvrant ce qui était écrit sur le mur, il réalisa brutalement ce qui s'était produit. Zou Jie alla frapper à la chambre de Xian, et il laissa échapper un hurlement :

« Vite, levez-vous ! Zhi s'est suicidée ! »

Xian répondit avec énervement :

« Qu'est-ce que vous me racontez comme bêtises, de bon matin ? Sérieusement, comment chercherait-elle à se suicider ? Si quelqu'un veut en finir, c'est plutôt moi, sûrement pas elle. »

Zou Jie vit qu'elle ne le croyait pas. C'est pourquoi il prit Zhi dans ses bras et la porta en courant jusqu'au rez-de-chaussée. Sur le boulevard, dans la clarté du matin, portant toujours Zhi, il arrêta un triporteur qui livrait des produits à base de soja. Son conducteur l'interrogea :

« Qu'est-il arrivé à cette femme ? »

Enervé et pressé, il répondit :

« Elle en a eu marre de vivre. »

Le chauffeur du triporteur lui demanda cette fois :

« Mais que faire avec mes produits ? »

Zou Jie répliqua avec colère :

« Une vie humaine vaut plus que des aliments de soja, non ? »

Il étendit Zhi sur la pile de fromages de soja frit, de simili-poulets et de feuilletés végétariens, puis, repoussant le conducteur, il enfourcha le triporteur et fonça vers l'hôpital.

Après son lavage d'estomac, Zhi continua à dormir deux jours et deux nuits. Zou Jie et Xian la veillèrent à tour de rôle. Elle reprit conscience au soir du troisième jour et aperçut Zou Jie qui dormait, étendu à ses pieds. Elle tendit une main et lui caressa les cheveux, tout en regardant par la fenêtre de sa chambre d'hôpital. Sur le grenadier au-dehors, se trouvait un petit oiseau qui sautillait de bas en haut. Zhi sentait confusément que ce petit oiseau était pareil à sa propre âme vagabondant à l'extérieur, tantôt s'élevant et tantôt retombant.

« Pour commencer, surtout, ne dis rien, demanda Zhi à Zou Jie. Descends dans la rue et va m'acheter un bouquet d'œillets. Si tu m'en ramènes, je ne chercherai plus à mourir. Si par contre tu n'arrives pas à en trouver, cela confirmera que je n'ai plus le droit de vivre, et alors je suivrai cette voie. »

Zou Jie courut la moitié de la ville et ramena un bouquet d'œillets rouges. En ouvrant la porte de sa chambre, il vit que le regard de Zhi s'éclairait mais, aussitôt après, l'apathie la gagna à nouveau.

« Mets les fleurs dans le récipient pour les médicaments, lui dit Zhi d'une voix faible.

— Zhi, pourquoi fais-tu tout cela ? lui demanda Zou Jie, irrité, tout en disposant les fleurs.

— Il n'y a pas de pourquoi. Je ressens une crainte, voilà pourquoi.

— Mais de quoi as-tu peur, bon sang ? Comment peux-tu considérer la vie comme un simple jeu d'enfant ?

— C'est parce que j'ai peur de te perdre. Plus les jours passent et plus ton amour pour moi s'efface peu à peu. A la fin, il n'y aura plus le moindre amour, peut-être même me haïras-tu. C'est tout cela que je redoute. »

Zhi tourna la tête sur le côté, et elle regarda par la fenêtre. Les larmes emplissaient ses yeux.

Au cours de l'année 1959, Zou Jie se rendit compte que le comportement de Zhi son épouse était de plus en plus insolite et morbide. Du matin au soir, elle divaguait, et ses uniques forces étaient consacrées à exercer un rigoureux contrôle sur Zou Jie. Elle ne tolérait pas qu'il parle à des jeunes filles et, vis-à-vis des moindres choses qu'il faisait seul, elle exprimait nervosité et inquiétude. Il découvrit à une occasion qu'elle examinait attentivement le slip qu'il venait de quitter, et ce geste futile et bas l'amena à se demander s'il n'avait pas rêvé.

Les médecins considéraient que Zhi était atteinte de mélancolie. Zou Jie ne saisissait pas le sens exact du caractère de cette maladie. Il interrogea le médecin :

« Si nous adoptions un enfant, son état pourrait-il s'améliorer ? »

Le docteur n'en était pas certain, mais il pensa que c'était un moyen à tenter.

La fin de l'année arriva, Zou Jie se rendit au foyer de protection de l'enfance et en ramena un enfant trouvé. Il pensait suivre le désir de Zhi en ramenant un garçon, mais tous les enfants trouvés du foyer étaient des filles et il n'y avait aucun garçon. Zou Jie trouva cette situation anormale, mais il n'avait pas le choix et, finalement, il ramena une petite fille à la maison.

Zou Jie prénomma l'enfant Xiao. Il trouvait que Xiao – la flûte de bambou – correspondait à un instrument qui chante la souffrance. C'est ainsi que Zou Jie devint père. En réalité, il n'était que le père adoptif de Xiao.

Zhi devint la mère de Xiao. Elle éprouva dès le départ du mécontentement à l'égard du sexe de l'enfant. Xian devint, elle, la grand-mère maternelle de Xiao. Xian déclara :

« Je vais autant m'amuser que si j'élevais un chat persan. »

Le lendemain du jour où Xiao fut amenée à la maison, ils descendirent au studio de photographie *Drapeau rouge* et prièrent le photographe qu'ils connaissaient bien de leur faire un portrait de famille. Celui-ci leur commanda à tous de sourire, et Zou Jie et Xian rirent tout naturellement, tandis que Zhi à travers sa maladie souriait légèrement d'un air perdu. Cette photographie de famille fut exposée dans la vitrine de la boutique de portraits, et les passants purent ainsi y porter de nombreuses fois leurs regards. Cela se passa durant l'hiver 1959.

L'histoire de Xiao

Xiao se souvenait que, lorsqu'elle était enfant, elle voyait souvent des hirondelles. Elles avaient construit un nid avec de la paille sous l'avant-toit de la maison. De nombreux matins, Xiao s'éveilla au son des piaillements empressés des hirondelles. Elle s'asseyait sur son lit de fer tout en serrant contre elle sa vieille poupée de chiffon déchirée et humait l'odeur familière des décoctions d'herbes médicinales qui venait envahir l'air de la pièce. On entendait bouger doucement en haut de l'escalier. Chaque matin, Xian venait la réveiller à haute voix. Son chignon à moitié défait commençait à se répandre, et deux fleurs blanches de jasmin étaient accrochées sur sa poitrine. Xiao se souvenait qu'une fois levée elle apercevait toujours Zhi près du bassin occupée à se laver les dents, de la pâte blanche de dentifrice lui barbouillant les commissures des lèvres. Une brosse à dents en plastique entrait et sortait de sa bouche en produisant un bruit de frottement mécanique.

A la gauche du bassin se trouvait le fourneau à charbon. Les décoctions d'herbes médicinales reposaient sur le fourneau, où elles mijotaient en fumant, et leur odeur était à la fois prenante et étrange. Xiao savait que peu après le récipient qui les contenait serait retiré du feu à deux mains, et que Xian filtrerait le tout à travers une gaze afin d'en retirer le contenu d'un bol de liquide noirâtre qu'elle déposerait ensuite dans les mains de Zhi. Celle-ci devait ainsi chaque jour avaler tout un bol de ce liquide noirâtre. Xian déposait en outre sur le fourneau une casserole de bouillie de riz. Avant de se rendre à l'école, Xiao devait obligatoirement boire un bol de bouillie, avec en outre un demi-morceau de fromage de soja fermenté ou bien un concombre mariné.

Xiao possédait un grand nombre de carnets où elle notait son journal intime. Dans celui qui correspondait à la période la plus ancienne, elle avait ainsi inscrit :

Je grandis dans une famille dont l'origine de classe est bourgeoise. Mon enfance n'est pas heureuse. Ma mère est atteinte de maladie mentale. Elle ne s'intéresse jamais à moi. Ma grand-mère, bien qu'elle soit vieille, cherche toujours à se maquiller comme une séductrice. Chaque jour, elle veut que je mange de la bouillie de riz et comme je n'ai pas le choix, je suis forcée d'en manger.

Xiao avait passé sous silence l'existence de son père adoptif Zou Jie. D'ailleurs, elle ne le citait jamais nulle part. A partir de l'année où elle eut quatorze ans, Xiao éprouva de la crainte à l'idée de se souvenir du visage de son père adoptif. Durant toute la période où elle grandit, Zou Jie demeura dans son cœur une ombre noire ineffaçable.

En 1972, Xiao avait quatorze ans. Ses souvenirs d'avant cette période étaient vagues et confus, mais cette année-là, son expérience de la vie se transforma de façon tragique.

Ce jour-là, Xiao s'était amusée au point de tomber de fatigue et, aussitôt couchée, elle s'endormit. Ce fut probablement vers le milieu de la nuit qu'elle se réveilla soudain en sursaut. Elle aperçut une ombre qui se tenait à la tête de son lit. Elle voulut crier, mais une main se referma promptement sur sa bouche. Xiao reconnut alors Zou Jie. Elle l'entendit lui dire en chuchotant :

« Ne crie pas. Tu t'étais découverte, et je remettais ta couverture en place. »

A ces mots, Zou Jie sortit de la pièce. Xiao s'aperçut qu'il était pieds nus, et dans l'obscurité ses pieds reflétaient une lumière froide. Elle commençait à avoir peur, aussi elle sauta au bas du lit pour refermer la porte, mais Zou Jie l'avait bloquée. En un éclair, il entra à nouveau dans sa chambre. Il était habillé d'un short et d'un T-shirt et son corps dégageait une odeur d'emplâtre. Il déclara :

« Xiao, pour l'amour du ciel, ne crie pas ! C'est moi qui t'ai adoptée et ramenée ici. Je t'aime, et je serais incapable de te faire du mal. »

Xiao le repoussa.

« Va-t'en ! Je veux me rendormir ! »

Il lui dit :

« Elle est atteinte de folie, et c'est pour cela que je ne peux pas divorcer d'avec elle. Pourtant, je n'en reste pas moins un homme. Xiao, sais-tu ce qui se passe entre hommes et femmes ? »

Xiao se mit aussitôt à pleurer. Elle secoua la tête en disant :

« Je n'en sais rien. Je voudrais que tu sortes. Je veux dormir. »

Elle vit Zou Jie tressaillir, et dans ses yeux il y avait comme une flamme qui dansait. Les mains de Xiao battirent l'air, et elles fauchèrent un verre d'eau qui se trouvait posé sur la malle.

Le son clair du verre d'eau qui se brisait alerta Zhi ainsi que Xian. Elles étaient à l'extérieur et frappaient contre la porte. Xiao reconnut la voix stridente de Zhi.

« Zou Jie, cette fois enfin je te tiens ! »

Xiao entendit le bruit vraiment oppressant que fit la porte quand Zou Jie l'ouvrit, ensuite la lumière s'alluma, elle faisait mal aux yeux. Xiao poussa un cri perçant, puis finalement elle se cacha les yeux. Elle ne comprenait pas comment, dans ce morne foyer qui était le sien, il avait pu brusquement se produire une chose pareille.

Xiao se souvenait que le lendemain de cet événement, elle était allée comme d'habitude en classe. Ce jour-là, il y avait cours de gymnastique et jeu de saute-mouton. Xiao avait beau faire, elle ne parvenait pas à sauter. Elle ressassait les événements qui s'étaient produits la nuit précédente. Elle vit apparaître Xian au bord du terrain de sport de l'autre côté. Xian tenait son panier de paille tressée à la main et lui faisait signe. Xiao pressentit que quelque chose de grave l'attendait.

« Accompagne-moi à l'embranchement du chemin de fer. Il s'est couché sur les rails », lui dit Xian.

Le visage de Xiao blêmit. Elle resta clouée sur place sans pouvoir parler.

« Il ne faisait que semblant d'être un gentleman, pour commettre une chose aussi vile. Il n'a fait que récolter ce qu'il avait semé », ajouta Xian.

Xiao, à la suite de Xian, arriva en hâte à l'embranchement du chemin de fer ; le cadavre de Zou Jie avait déjà été emporté. A l'endroit où il s'était couché sur les rails, il y avait une large mare de sang qui sous la lumière du soleil prenait une étrange couleur pourpre. Le vent soufflait sur les talus couverts de bosquets d'arbres et d'herbes folles, et Xiao avait les yeux rivés sur la mare de sang. Elle frissonnait de tout son corps. Elle avait l'impression que tout se passait comme au milieu d'un rêve.

Zhi était assise sur une pile de traverses en bois et tenait dans ses mains un soulier de la marque Libération éclaboussé de sang. La mort de Zou Jie lui faisait un peu de bien. Elle s'adressa longuement à la chaussure.

« Zou Jie, tu n'aurais pas dû te marier avec moi, disait-elle. Zou Jie, je n'aurais pas dû te faire peur. J'ai dit que j'allais te dénoncer, en fait, c'était pour te faire peur. Tu es un grand gaillard, pourquoi as-tu été effrayé ? » disait Zhi.

Xiao se tenait dans le vent. La masse noire d'un convoi de marchandises passa à grande vitesse à côté d'elle, dans un bruit de roulements, avant de continuer son chemin. Elle ne quitta pas des yeux le sombre convoi jusqu'à ce qu'il disparût finalement à l'horizon et qu'elle ne vît plus rien. Il ne restait que ces trois femmes qui se tenaient au niveau de la voie ferrée face à cette mare de sang pourpre. C'était par une journée de 1972, Xiao avait quatorze ans et à cet âge, elle commença à devenir adulte.

L'année où Xiao eut seize ans, elle s'engagea volontairement et partit dans une ferme s'intégrer à une équipe de production. Elle aurait pu rester en ville, mais elle souhaitait de tout son cœur quitter Zhi et Xian, et puis aussi ce foyer sombre et humide situé au-dessus du studio de photographie *Drapeau rouge.* C'était quelque chose qu'elle avait réfléchi de longue date. La voie qu'elle avait choisie allait pleinement dans le sens de la conscience de l'époque, aussi reçut-elle des éloges unanimes. Le départ volontaire de Xiao pour se rééduquer à la campagne fut même l'objet d'un reportage sur l'éducation qui fut publié dans le quotidien *Libération* en 1974. Seize années séparaient cet article de la photo insérée dans le même journal, où Zhi posait sur le chantier de la cimenterie.

Ce ne fut qu'après son arrivée à la ferme que Xiao découvrit qu'elle s'était mise dans de mauvais draps. Sur les terres désolées et salines du nord de la province du Jiangsu, la rudesse de la vie et l'intensité du travail dépassaient de loin tout ce qu'elle avait pu imaginer. Lorsqu'elle était affairée à repiquer le riz dans les rizières, Xiao avait l'impression qu'elle ressemblait à un chiot égaré, et son corps frêle ne pouvait endurer la vie de la ferme. Elle songeait à rentrer dans sa famille ; cependant, la maison était déjà devenue pour Xiao quelque chose d'irrémédiablement lointain et flou. De nombreux soirs durant, dans la cabane recouverte de chaume, elle écouta le vent violent balayer la plaine misérable du Nord-Jiangsu en pensant à son foyer au-dessus du studio de photographie *Drapeau rouge.* Elle songeait aussi au visage de Zhi et à celui de Xian, mais pas la moindre chose ne lui revenait en mémoire. Xiao éprouvait une réelle solitude et une véritable angoisse.

Xiao prit la résolution de retourner en ville. Elle se servit d'un moyen que lui avait appris une amie pour tomber malade : se frictionner les genoux longtemps avec de la glace. L'amie lui avait assuré :

« Serre les dents et tiens bon pendant un mois, puis va à l'hôpital. Le médecin diagnostiquera à coup sûr une arthrite. »

L'hiver 1976, Xiao, des glaçons à la main, entra se cacher dans les toilettes rudimentaires de la ferme, dont le toit fuyait. Elle leva la tête et aperçut le ciel sombre à travers le toit de roseaux de la cabane ; alors, avec la glace, elle commença à frotter ses genoux. Xiao ne put étouffer ses larmes, elle se dit à elle-même :

« Si j'avais su tout cela, est-ce que je serais venue ? »

Par la suite, traînant ses deux jambes ankylosées, Xiao put retourner dans sa ville. Elle avait réellement contracté une effroyable arthrite rhumatismale. A bord de l'autocar de campagne, sale et bondé, Xiao assise sur le sac contenant sa literie imaginait quelle serait sa vie une fois de retour en ville. Elle ignorait complètement ce qui l'attendait. Lorsque finalement le spectacle de ces terres et de ces fermes collectives disparut des fenêtres de l'autocar, elle réalisa que le temps de sa jeunesse s'était prématurément enfui.

Ce qu'avait connu Xiao était, pour l'essentiel, semblable à l'expérience des autres jeunes de sa génération. Elle se retrouva à vendre de la viande au comptoir d'une charcuterie au marché. Vis-à-vis de cette activité, Xiao n'éprouvait pas de réticence, elle y était préparée psychologiquement. Parmi la variété de métiers qu'avaient trouvés les autres jeunes étudiants qui avaient regagné la ville à peu près en même temps que Xiao, l'un était barbier, un autre faisait frire des beignets torsadés, un autre travaillait comme chauffagiste, et il y avait même une fille qui travaillait comme embaumeuse aux pompes funèbres. Ils disaient à Xiao :

« Tu peux te considérer comme une veinarde, vendre de la viande c'est pas mal comme métier. »

Xiao répondait :

« Ça me va. Quand vous achèterez de la viande, venez me trouver. »

Les premiers jours qu'elle passa derrière le comptoir de la charcuterie, Xiao pouvait sentir l'odeur de la viande de porc fraîche sur ses propres vêtements. Cette odeur telle une plante se développait sous ses ongles, dans ses cheveux et à l'intérieur de ses narines, en se dégageant de façon persistante. Chaque jour, Xiao se rendait aux bains publics en face et prenait des douches, mais cela restait sans effet. Elle se retrouva impuissante. Eh bien, tant pis. Elle se dit que l'odeur de porc était tout de même plus supportable que la vie qu'elle avait connue à la campagne. Par la suite, elle cessa de se rendre aux bains publics et s'accommoda de ne plus se doucher. C'est ainsi que Xiao adopta une attitude de laisser-aller face aux problèmes de la vie.

Une fois qu'elle eut regagné la ville, Xiao découvrit que la forme de mélancolie dont souffrait Zhi s'aggravait chaque jour davantage. Elle restait toute la journée assise à la fenêtre à contre-jour, tenant dans ses mains la chaussure Libération abandonnée par son défunt mari, et marmonnant toute seule. Chaque mercredi matin, elle sortait de la maison et se rendait à l'embranchement du chemin du fer en mémoire de Zou Jie. Xiao savait que le mercredi était le jour anniversaire de sa mort. En se rappelant Zou Jie, elle éprouvait un serrement de cœur qui la glaçait. Xiao ne voulait garder aucun souvenir de lui, mais elle était incapable d'oublier totalement les faits graves qui s'étaient produits lorsqu'elle avait quatorze ans. Cette mare de sang pourpre, à l'endroit où il s'était couché sous le train, continuait dix ans après à répandre son atmosphère accablante.

Un jour, Xiao Du, le petit ami de Xiao, aperçut Zhi à l'embranchement du chemin de fer. L'attachement sans faille de Zhi envers son mari défunt l'émut au plus haut point, et en même temps il s'inquiéta pour sa sécurité. Le lendemain, Xiao Du et Xiao s'étaient donné rendez-vous au jardin public et, lorsqu'à cette occasion, il mentionna l'événement, il découvrit que la réaction de Xiao était extrêmement prosaïque.

« Tu ne devrais pas la laisser aller à l'embranchement du chemin de fer. C'est un endroit dangereux, disait Xiao Du.

— Elle est dérangée. Si elle veut s'y rendre, que puis-je y faire ? répondit Xiao. Je ne m'occupe pas d'elle.

— Tu devrais t'en occuper un peu. Bien qu'elle ne soit pas ta véritable mère, c'est tout de même ta mère adoptive. Si tu ne veilles pas sur elle, qui le fera ?

— Je n'ai aucun souvenir d'elle en train de m'élever. D'ailleurs, je me demande bien comment je me suis débrouillée pour grandir, alors je n'ai pas à avoir de reconnaissance pour quiconque. »

Xiao baissait la tête et se mordait les lèvres tout en parlant.

Xiao Du voyait que les yeux de Xiao avaient un peu rougi et il savait qu'elle ne soufflait jamais mot de ce qui concernait sa famille. Pourtant, la curiosité l'amena à la pousser dans ses retranchements. Il dit quelques paroles sans conséquence, puis brusquement l'interrogea à nouveau :

« Xiao, ton père adoptif est mort comment ? »

Xiao garda son mutisme. Elle avait tourné la tête et regardait dans une autre direction. Un bon moment passa avant qu'elle ne dise :

« Pourquoi donc cherches-tu à te renseigner là-dessus ? Quel rapport cela a-t-il avec nous deux ? »

Xiao Du répondit :

« Je ne faisais que demander. Si tu n'as pas envie de m'en parler, alors ne dis rien. »

Ce jour-là, Xiao, sous prétexte d'aller aux toilettes, quitta le jardin public sans prendre congé de Xiao Du. Ce genre de situation embarrassante se produisait souvent lors de leurs rendez-vous. Très souvent, ils se quittaient sur une mésentente, puis ils se voyaient à nouveau. Leur relation continuait ainsi sans froideur ni passion et l'une des raisons les plus importantes à cela était qu'aucun des deux ne souhaitait rompre avec l'autre imprudemment. Xiao Du avait trente et un an et était diplômé de l'université Tongji, il aurait bien voulu se marier mais n'avait pas d'appartement. Or, Xiao, qui avait déjà vingt-huit ans, travaillait comme employée dans une charcuterie et possédait un droit d'héritage sur l'appartement qui se trouvait au-dessus du studio de photographie *Drapeau rouge.* Ils avaient tous deux dépassé l'âge du romantisme et envisageaient d'abord les choses sur le plan concret.

La veille du jour où Xiao et Xiao Du avaient prévu de faire enregistrer leur mariage, commença à se poser le problème de la prise en charge de Zhi, sa mère adoptive. Xiao s'arrangea pour prendre un jour de congé, et elle se déplaça spécialement jusqu'à la cimenterie où Zhi avait travaillé afin d'en discuter avec ses anciens employeurs. Allant droit au but, elle présenta une demande concernant l'admission de sa mère dans un hôpital psychiatrique. Les gens de la cimenterie furent stupéfaits, ils répondirent :

« Pourquoi vouloir aller dans un endroit pareil ? La maladie de Zhi n'est pas grave, et elle peut sans problème se traiter à domicile. »

Xiao rétorqua :

« Vous ne saisissez pas bien la situation. Elle va souvent du côté de l'embranchement du chemin de fer, et s'il arrivait quelque chose, que ferions-nous ? Qui en endosserait la responsabilité ? »

Ses interlocuteurs lui dirent :

« Vous êtes sa fille et, normalement, c'est votre devoir de veiller sur elle. De plus, elle est en congé maladie depuis plus de vingt ans, et ce que l'usine a dépensé en frais médicaux pour elle représente déjà beaucoup trop pour nous, nous ne saurions assumer les frais d'une hospitalisation. »

Xiao répondit :

« Vous ne consentiriez pas à ces dépenses, alors, moi, comment le pourrais-je ? Je gagne quatre-vingts yuans de salaire, et je projette aussi de me marier, où vais-je prendre cet argent ? »

Xiao parlait et argumentait, lorsqu'elle se mit soudain à fondre en larmes. Plusieurs choses assaillaient son esprit. A la fin, elle ne put plus parler. Ses interlocuteurs de la cimenterie en furent émus au plus haut point, et ils acceptèrent que Zhi soit placée à l'avenir dans une maison de repos psychiatrique en banlieue.

Par un beau matin printanier en fin de semaine, Xiao, portant un filet à provisions ainsi qu'une malle en cuir, accompagna Zhi jusqu'à la jeep. Zhi, tenant dans une main un bouquet de ces œillets rouges qu'elle chérissait tant, et serrant dans l'autre cette chaussure Libération appartenant à son mari défunt, monta à bord du véhicule. Elle n'opposa aucune résistance. Xiao regardait son visage à l'expression calme et stupide, en lui disant à voix basse pour la réconforter :

« Vas-y. Lorsque tu seras guérie, je te ramènerai à la maison. »

Quand Xiao se maria, Xian était déjà alitée et atteinte de paralysie. Lors de la nuit de noces entre Xiao et Xiao Du, elle frappa sans interruption contre le mur à l'aide de sa canne. Ce qui diminua les ardeurs de Xiao Du. Il demanda :

« Que veut-elle ?

— Il est possible qu'elle veuille encore manger. Ne t'occupe pas d'elle. Elle est allongée du matin au soir et ne pense qu'à manger. »

Xiao Du répondit :

« Ce n'est pas une solution de la laisser cogner continuellement. Va donc la voir. »

Xiao rétorqua :

« Je n'y vais pas. On n'a qu'à la laisser frapper contre le mur. Elle fait exprès d'empêcher les autres d'être tranquilles, et je la déteste à mort. »

Xiao Du écoutait, impuissant, les cognements de protestation ; il déclara :

« Si elle frappe comme ça, mais quand allons-nous pouvoir dormir enfin ? Si tu ne veux pas y aller, c'est moi qui irai. »

Après avoir mis un pull sur ses épaules, il poussa la porte de la chambre de Xian. Elle était allongée dans le cercle de lumière trouble dessiné par la lampe fluorescente, son visage était légèrement cendreux et il ressemblait étrangement à une vieille pomme.

« Vous voulez un verre d'eau ? » demanda Xiao Du qui se tenait sur le seuil.

Xian ne répondait pas, elle était en train de feuilleter un album de photos jauni.

« Désirez-vous manger quelque chose ? » lui demanda encore Xiao Du.

Elle leva la tête et lui jeta un regard, puis dit en désignant son album :

« Le saviez-vous ? J'étais une vedette de cinéma dans le temps. »

Le deuxième mois qui suivit le mariage de Xiao, les prix augmentèrent brusquement. Dès qu'elle en fut informée, elle songea d'abord à faire des réserves. Elle acheta beaucoup de viande de porc, du poisson, des œufs, ce genre de denrées qu'elle mit à mariner dans toutes sortes de récipients. La cuisine ne suffisait pas à tout stocker, aussi chargea-t-elle Xiao Du de placer le poisson et la viande marinés sous les tables et au grenier. Xiao allait et venait d'une pièce à l'autre, et l'odeur nauséabonde des poissons en saumure qui se trouvaient dans les jarres se répandait de toutes parts. Elle était écœurée par ce relent désagréable auquel elle ne pouvait rien faire. Elle tenait la maison et devait impérativement ne rien gaspiller en comptant chaque sou. Elle devait aussi chaque mois déposer cent yuans à la banque, car c'était l'unique moyen de pouvoir en deux ans se procurer un poste de télévision, un frigidaire, ainsi qu'une machine à laver. Les autres en possédaient, aussi Xiao en voulait-elle également, et la réalisation de cet objectif reposait sur ses propres efforts.

Xiao réduisit toutes les dépenses qui n'étaient pas indispensables. Elle commença en premier par couper le lait que prenait Xian. Xian buvait du lait depuis des dizaines d'années, et le premier jour où elle avala du lait instantané à base de soja, elle brisa son bol en le jetant par terre. Elle s'exclama :

« Mon argent ! A quoi donc est passé mon argent ? Je n'ai même plus droit à une bouteille de lait ! »

Xiao lui répondit :

« A manger sans rien faire, on épuise tout son bien. Ton argent, tu l'as mangé jusqu'à la dernière miette. Moi, je ne t'ai pas pris un sou de ce que tu avais, et si je te donne du lait de soja à boire, c'est uniquement par piété filiale. »

Xian pleura en faisant des histoires, étendue sur son lit. Xiao ne se laissa pas attendrir et rapporta un bol de lait, en disant :

« Si tu ne le bois pas, ça ne fait rien, tu mangeras de la bouillie de riz avec nous. Cela fait déjà trente ans que j'en mange, et je n'ai même jamais eu la chance de goûter à du lait de soja. »

La deuxième étape du plan de Xiao consistait à faire cesser de fumer Xiao Du. Celui-ci au départ était farouchement contre. Il disait :

« Je ne suis pas un être désincarné et j'apprécie une bonne cigarette, tu n'as pas à me priver de mon droit de fumer. »

Xiao répondit :

« De quel droit s'agit-il là ? Ce qui part en fumée ce ne sont pas des cigarettes, c'est de l'argent. On a besoin d'argent, pas de droits. On a besoin d'un téléviseur et d'un frigidaire, tout cela demande de l'argent. Attends que nous en ayons assez pour nous payer tout ce qu'il nous faut, alors tu pourras fumer si cela te chante. A ce moment-là, tu pourras retrouver le droit de fumer. »

Xiao Du fut stupéfié par le raisonnement simple et vulgaire de Xiao. Il se conforma néanmoins à sa volonté. Il savait bien qu'en réalité les restrictions de Xiao concernaient les dépenses liées au tabac, aussi devint-il un fumeur de cigarettes des autres. Ses collègues chercheurs se moquaient de lui en disant qu'il craignait sa femme. Xiao Du refusait de l'admettre et il répondait :

« Je n'ai pas peur d'elle, en réalité je la plains plutôt. Elle veut avoir de l'argent, et je tâche de la satisfaire. Les hommes doivent chercher à satisfaire les désirs de leur femme, faute de quoi le monde et l'espèce humaine ne pourraient continuer à fonctionner. »

Par la suite, Xiao Du fut victime d'une intoxication alimentaire qui le rendit défiant à l'égard de la viande en conserve. Après avoir consommé la dernière jarre de viande marinée, il fut pris de diarrhées incoercibles, et comprit que cette viande s'était mal conservée et qu'avec le temps elle s'était avariée. Xiao Du courut comme il put jusqu'à l'hôpital où on lui administra du sérum. Il se retrouva allongé, seul, dans la salle d'examen, et se mit à songer à différents événements d'avant et d'après son mariage. Il sentait que certaines perspectives de son mariage étaient bien sombres. Plus tard, Xiao le rejoignit à la hâte. Elle s'assit sur le bord du lit et se creusa la tête sans vouloir reconnaître la raison de son état.

« Une intoxication alimentaire ? »

Xiao ne voulait pas y croire, elle affirma :

« J'ai moi aussi mangé de cette viande marinée, alors comment se fait-il que je n'ai pas été empoisonnée ?

— Il est possible que tu l'aies supportée, et que ta capacité de digestion soit excellente.

— Ne me raconte pas de bêtises, dit Xiao en se renfrognant. Si tu ne veux pas manger de viande en conserve, tu peux le dire franchement. Tu n'as pas besoin de te servir d'une intoxication pour me faire peur. »

Xiao Du sortit une nouvelle fois de ses gonds, et il dit :

« Jamais je n'ai vu une fille aussi ignorante et aussi vulgaire que toi. »

Xiao le regarda en écarquillant les yeux, et elle remâcha ses paroles. Après un instant, elle se mit à pleurer doucement. Elle annonça :

« Très bien. Je suis vulgaire, je suis ignorante et je t'ai intoxiqué avec ma nourriture. Je ne m'occupe plus de cette maison désormais. Ce que tu as envie de manger, tu iras l'acheter. »

Xiao Du répliqua :

« Cela n'a rien à voir avec le fait de savoir qui tient la maison. »

Xiao continuait à pleurer, tout à coup elle sortit de son sac une liasse d'argent qu'elle jeta sur le lit. Elle lui dit :

« Le salaire de ce mois-ci, je te le donne. Occupe-toi donc de la maison. Je n'ai jamais eu envie de m'occuper de ce misérable foyer. »

Après ces mots, elle se leva et s'en alla. Arrivée à la porte, elle tourna la tête, aperçut le flacon de sérum accroché au-dessus de la tête du lit, et réalisa alors que Xiao Du était sous perfusion. Elle revint lentement et s'assit sur le lit. Elle se plaça de dos, et ainsi ne put-il vérifier si elle pleurait encore. Il n'apercevait que son dos. Le dos de Xiao était bien rond et vigoureux et il faisait ressortir le caractère résistant et souple de sa volonté féminine. Xiao Du trouvait que cette volonté manquait d'assises, cependant il était difficile de s'y opposer.

« Xiao, il me vient une drôle d'idée, j'ai l'impression que c'est moi qui me suis donné en mariage à toi, et non pas l'inverse. »

Xiao Du avait prononcé ces mots une fois calmé. Xiao n'avait pas entendu, à moins qu'au contraire elle ne désirât pas répondre. Elle avait la tête levée vers le tuyau transparent de la perfusion dont le liquide s'écoulait lentement et elle semblait absorbée dans ses pensées. Xiao avait vingt-huit ans lorsqu'elle s'était mariée, et elle avait à présent les préoccupations et les illusions de toutes les femmes mariées face à l'existence. Elle baissa ensuite la tête et racla la graisse qu'elle avait sous les ongles, la faisant tomber à terre d'une chiquenaude.

« J'ai, moi, une idée encore plus bizarre, dit Xiao brusquement. Pourquoi ne suis-je pas un homme ? Je n'aime pas la vie des femmes. Vous, les hommes, vous ne réalisez pas à quel point la vie d'une femme est pleine de tourments et de difficultés aussi. Les femmes ne doivent pas nécessairement passer par le mariage, cependant, comme elles ne peuvent vivre sans les hommes, en fin de compte elles en arrivent à se marier toutes. Je ne parviens pas à en comprendre la raison, mais je n'ai pas d'estime pour les femmes, comme je n'en ai pas non plus envers moi-même d'ailleurs. Xiao Du, est-ce que tu éprouves de la considération pour moi ? »

Xiao Du se dérobait aux regards de Xiao, car il ne voulait pas répondre sur ce sujet. Elle se sentit déçue et elle pinça le bras de son mari, en lui disant :

« Réponds-moi ! Parle franchement. As-tu de la considération pour moi ?

— Que j'en aie ou pas, qu'est-ce que ça change ? »

Xiao Du pencha la tête sur le côté et ferma les yeux, puis il dit :

« Nous nous sommes mariés, et tu es enceinte à présent. Que pouvons-nous y faire ? »

Lorsque Xiao fut enceinte de quatre mois, elle entendit dire que Xiao Du avait une aventure. Une amie l'informa qu'elle l'avait vu boire un café avec une fille dans un estaminet. Xiao n'en crut pas un mot au début, elle répondit :

« Il ne reste à Xiao Du que cinq yuans tout rond chaque mois, où trouverait-il l'argent pour inviter une fille à boire un café ? »

Son amie lui rétorqua :

« Tu es vraiment idiote, quel est l'homme qui n'a pas un peu d'argent à lui ? Tu crois vraiment qu'il ne se garde que cinq yuans ? »

Xiao réfléchit, puis elle répondit :

« Après tout, je m'en moque. Si vraiment il va courir dehors, je peux faire la même chose, moi aussi, et lui rendre la monnaie de sa pièce. Quel dommage que je sois enceinte en ce moment, car j'ai une tête épouvantable et aucun homme ne voudrait de moi. »

Un beau jour, Xiao Du endossa un costume occidental et sortit en disant que c'était pour assister à un banquet de famille organisé par des amis. En voyant l'expression de son mari, Xiao sentit au premier coup d'œil quelque chose de louche. Elle était assise en train de tricoter un chandail, et elle lui répondit avec indifférence :

« Va, ne rentre pas trop tard. »

Dès qu'il eut descendu l'escalier, Xiao posa ses aiguilles à tricoter. Elle lui emboîta le pas, et en suivant Xiao Du, elle arriva dans la rue où les ombres du crépuscule commençaient à s'épaissir. Xiao était habillée en robe de chambre et sandales, et elle avançait pleine de soupçons dans les rues animées et bondées. Elle aperçut Xiao Du sous un panneau d'autobus, comme s'il attendait qu'en arrive un. Tandis que Xiao se demandait si elle monterait dans le bus avec lui, l'un d'eux s'arrêta à proximité. Xiao Du n'y monta pas, il se contentait de scruter attentivement ceux qui en descendaient. Il attendait quelqu'un, Xiao, tout en réfléchissant ainsi, arriva à un petit étal sur le côté de la rue et y acheta un sachet de graines de pastèque. Elle s'appuya à l'arrière d'un panneau publicitaire, et croqua des graines de pastèque sans quitter des yeux Xiao Du qui se trouvait sur le trottoir d'en face. Le visage de Xiao Du était pâle et indistinct dans la lueur du crépuscule, mais son regard dévoré d'anxiété par l'attente transperçait le cœur de Xiao comme l'aurait fait une épée. Elle sentait son cœur qui s'affaissait tout doucement, et un profond sentiment de déception irradia l'intérieur de son corps défaillant. Xiao regarda le ciel, lui aussi s'obscurcissait peu à peu, l'univers tout entier était vacant.

Parmi ceux qui descendaient du bus, se trouvait une femme portant une robe couleur abricot. Xiao observa son visage ainsi que sa silhouette. C'était une femme d'un âge et d'une morphologie à peu près semblables à ceux de Xiao. Xiao avait aussitôt émis cette appréciation : elle n'est pas plus jolie que moi. Elle fit quelques pas en avant, puis à nouveau recula de quelques pas. Elle hésitait à aller jusqu'à eux pour leur parler. Xiao Du et cette femme, tous deux enlacés, approchaient dans sa direction. Elle pouvait entendre le rire gai et cristallin de la femme. Ce fut précisément son rire qui finit par la mettre en rage. Xiao décida de ne plus se cacher à leur vue, et brusquement elle se plaça en face d'eux, finissant en silence de grignoter ses graines de pastèque. Finalement, elle se racla la gorge de façon retentissante et cracha à leurs pieds, puis elle jeta toute la poignée d'écales de graines qu'elle avait dans la main au visage de Xiao Du. Elle eut un rire glacial à son encontre.

« As-tu fini de dîner à ton banquet ? Si tu as terminé ton repas, alors, rentre avec moi à la maison. Il y a une épidémie de maladies vénériennes dehors, il ne faudrait surtout pas que tu en attrapes une. »

Du début à la fin, Xiao n'avait pas prêté attention à l'autre femme, c'était le meilleur moyen de lui faire comprendre qu'elle méprisait cette excellente ruse qu'elle avait employée. Elle fit demi-tour et avança sur quelques mètres, puis, tournant la tête, elle les regarda à nouveau. Xiao Du se tenait raide sans bouger, tandis que la femme, elle, s'était déjà mêlée à la foule, disparaissant à la hâte. Elle resta à attendre Xiao Du, mais celui-ci ne bougeait pas d'un pouce. Xiao le maudit à voix basse :

« Espèce de dépravé ! »

Elle-même ne savait pas clairement si c'était Xiao Du ou bien cette femme qu'elle injuriait ainsi.

Ce jour-là, il resta très longtemps dehors avant de finir par rentrer. Xiao ne savait pas où il avait bien pu passer tout ce temps, mais elle sentit une forte odeur d'alcool sur lui. Xiao Du se hissa tant bien que mal sur le lit, sa bouche émit un rot aviné et son corps dégagea une odeur bourbeuse, ce qui provoqua chez Xiao une aversion totale à son égard. Elle lui donna un coup de pied :

« Va prendre une douche ! Comment peux-tu puer à ce point ? Tu veux donc que je vomisse ? »

Xiao Du n'ouvrit pas la bouche, il était allongé sur le dos et respirait en haletant. Xiao lui décocha à nouveau un coup de pied.

« Déguerpis de là ! Espèce de type obscène ! Comment as-tu le front de t'étendre sur mon lit ? »

Elle reçut brusquement un coup au visage, et prit soudain conscience que c'était un coup de poing de Xiao Du. Elle n'en revenait pas. Eblouie et prise de vertige, elle sauta du lit, elle voulait trouver l'interrupteur de la lampe, mais n'y parvint pas. Elle se saisit d'un livre qu'elle jeta violemment vers lui en criant d'une voix suraiguë :

« Xiao Du, tu oses me frapper ? Comment astu encore une telle audace ? »

Xiao Du était étendu dans le noir, il prit la parole :

« C'est toi qui m'as frappé, tu m'as fait perdre la face. »

Xiao rétorqua :

« Tu as encore de la dignité, toi ? Si tu veux en avoir, il ne faut pas te conduire de façon aussi vile. »

Xiao Du, cette fois, eut un rire sardonique :

« Moi, je fais des choses viles ? Mais même si j'en faisais de plus viles encore, je ne coucherais certainement pas avec mon père adoptif ! Une fille de ton espèce ! A quel titre viens-tu donc t'immiscer dans mes affaires ? »

Xiao se tenait debout dans l'obscurité et elle tremblait, elle ne savait pas qui avait bien pu l'informer de ce honteux et fatal secret. Les larmes de Xiao coulèrent sans bruit le long de ses joues et le désespoir ajouté au dépit lui firent se mordre les lèvres. Elle était debout sur ce sol de ciment glacial et restait muette face à lui. « Au point où nous en sommes maintenant, toute parole serait inutile, pensait Xiao. A quoi bon s'expliquer, au point où nous en sommes ? » La seule chose qui lui importait, c'était de se venger de la blessure qu'elle avait reçue de son homme.

Xiao était mariée depuis un an quand Xiao Du lui fit part de son intention de divorcer. Xiao s'y était largement préparée psychologiquement. Quand, le visage sombre, il prononça ces paroles de mauvais augure, elle eut un large sourire, et lui répliqua sur le ton de la raillerie :

« Tu as fait des études supérieures, pourtant, alors comment se fait-il que même sur les lois régissant le mariage, tu n'y entendes rien ? Quand l'épouse est enceinte, le mari ne peut formuler une demande de divorce. »

Xiao Du répondit :

« Fort bien, alors j'attendrai que l'enfant naisse pour me séparer de toi. De toute façon, ma décision est prise depuis longtemps. Il ne m'est plus possible de continuer à vivre avec toi. »

Elle rétorqua à nouveau :

« Cela ne dépend pas uniquement de ta décision, pourtant. La séparation éventuelle dépend du fait de savoir si cela m'agrée ou pas. »

Xiao Du dit :

« Où veux-tu en venir à la fin ? Ne souhaites-tu pas divorcer toi aussi ? »

Xiao regarda le visage de Xiao Du tout en se concentrant. Elle répondit finalement :

« Le divorce c'est oui, mais je ne te laisserai pas t'en tirer à si bon compte. »

Cela faisait trois mois désormais qu'ils vivaient séparément. Xiao Du habitait dans le dortoir collectif de son unité de travail, il avait retrouvé son allure heureuse d'homme célibataire, et les jours s'écoulaient avec aisance et profit. Une fois, avec son amie, il traversa à vélo la rue du studio de photographie *Drapeau rouge* et aperçut Xiao qui achetait de la laitue à l'étal de légumes sur le trottoir. Xiao ne les avait pas vus, et elle marchandait patiemment avec le vendeur. Finalement, son panier plein de laitues, elle repartit. Xiao Du avait vu son ventre bien gonflé, il se disait qu'il contenait sa propre chair et son propre sang, et il se sentit complètement dérouté. Il dit à son amie :

« Tu sais, le mariage c'est véritablement un gigantesque traquenard, pour peu que l'on s'y aventure, la vie devient bien vite absurde. »

L'été 1982 fut particulièrement torride. Cet été-là, beaucoup de personnes âgées moururent à cause de l'extrême chaleur. Xian fut l'une d'entre elles. Quand le mois de juillet fut proche, il régnait déjà à l'étage surplombant le studio de photographie *Huilong* des jours anciens, une chaleur d'étuve. Xian se tournait et se retournait sur son lit de malade et elle pressentait que la mort commençait à s'approcher lentement d'elle, cependant, elle n'avait, hormis le fait de dévorer de grandes quantités de crème glacée et d'eau glacée, aucun moyen de résistance. Elle avait attrapé des escarres et elle implorait souvent Xiao de la laver entièrement, mais celle-ci se contentait seulement de la nettoyer sommairement pour la forme. Xiao se bouchait le nez et disait à Xian :

« Ce que je fais, c'est déjà beau. Regarde, je porte ce gros ventre et de plus je suis très fatiguée.

Moi aussi, j'aimerais bien avoir quelqu'un pour me laver, mais je n'ai pas une telle chance. Je n'ai jamais obtenu le moindre avantage depuis que je suis dans cette famille. »

Plus tard, elle demanda également que Xiao achète un bloc de glace pour mettre dans la pièce. Xiao ne put s'empêcher de crier :

« Ça suffit ! Arrête de m'embêter ! Le ventilateur marche du matin au soir, toute cette électricité ! Et il te faut encore de la glace ! Puisque tu crains tant la chaleur, pourquoi n'es-tu pas partie à Hong-Kong à l'époque avec ce patron ? Il y a des climatiseurs à Hong-Kong, même avec une chaleur encore plus forte, là-bas on n'a rien à craindre, et il y aurait des domestiques à ton service. Pourquoi ne t'es-tu pas enfuie avec lui ? »

Xian pleura longtemps sans retenue. Depuis qu'elle était à l'agonie, elle s'adonnait fréquemment au souvenir des choses amères du passé. Un album de photos jauni se trouvait près de son oreiller, mais elle n'avait déjà plus assez de force pour s'en saisir et admirer son contenu. L'album contenait les photos où, du temps de sa jeunesse, on l'avait priée de laisser saisir un reflet de sa beauté. C'était l'unique événement de sa vie dont elle était fière. Xian considérait que sa vie entière ressemblait à une feuille de papier qui se serait peu à peu abîmée jusqu'à partir en lambeaux. Elle se mit à penser à l'année 1938, où avec le patron Meng elle partagea une brève flamme, elle se mit aussi à penser à sa fuite devant l'avortement, et ressentit une douleur comme si un couteau s'enfonçait dans son cœur.

« J'ai peur de la souffrance, dit Xian. Et c'est parce que j'ai peur de la souffrance que j'ai ruiné ma vie entière. Si je m'étais laissée opérer, je n'aurais pas eu Zhi et je ne t'aurais pas toi. J'aurais coulé des jours heureux. Si j'étais partie avec lui, je n'aurais pas non plus besoin aujourd'hui de supporter ta vue et tes insultes.

— Ce n'est pas certain. Les femmes ne couleront jamais des jours heureux, cela n'a rien à voir avec les hommes », déclara Xiao piquée au vif en réponse aux conjectures de Xian.

A l'article de la mort, Xian avait l'air torturée par un effrayant présage. Elle demanda à Xiao de lui apporter un couteau. Xiao lui demanda :

« Que veux-tu en faire ? »

Le visage de Xian avait une teinte cramoisie et ses yeux étincelaient. Xiao alla dans la cuisine, attrapa un couteau et revint. Elle vit Xian sourire faiblement à cet instant, avant que brusquement elle ne rende l'âme. Xiao entendit du dehors les échos d'une chanson, pareils à des pleurs ou des incantations, dériver jusqu'à elle. Ce fut l'unique cérémonie qui accompagna Xian sur le chemin des Sources Jaunes. Xiao songeait qu'elle avait apporté la délivrance à Xian, et elle songeait aussi que le cœur d'une femme est en définitive à l'unisson de celui d'une autre femme. C'est l'homme qui est l'ennemi commun des femmes, mais elles sont pourtant à son service jusqu'à en mourir pour lui. Xiao trouvait cela injuste.

En cet été 1982, Xiao resta seule à habiter audessus du studio de photographie. Elle rentrait chaque jour du marché vers midi, et passait la moitié de son temps à méditer appuyée à la fenêtre, tandis qu'elle consacrait l'autre moitié à effectuer du ménage comme nettoyer le carrelage ou l'escalier. Xiao traînait son corps lourd, et elle soulevait le seau d'eau et le tirait d'un côté à l'autre ainsi que du haut en bas de l'escalier, répétant les gestes monotones du frottage et du lavage. A travers les fentes de la fenêtre lui parvenaient pêle-mêle les rumeurs agitées des bruits de la ville en cette année 1982, mais Xiao restait impassible à l'égard du monde extérieur.

Xiao vivait seule à présent. Elle faisait tout son possible pour éliminer la moindre trace laissée par Xiao Du, et le moyen qu'elle employait ressemblait étrangement à celui que Xian avait utilisé autrefois lorsqu'elle avait été délaissée. Pour finir, elle monta sur une chaise et décrocha sa photo de mariage. Elle extirpa ensuite le portrait de son cadre et l'examina avec attention, puis à l'aide de ciseaux elle le découpa en deux. Elle était sur une moitié du cliché, tandis qu'il était sur l'autre. Avec ses ciseaux, elle réduisit alors en pièces la partie représentant Xiao Du et, prenant les morceaux à deux mains, elle les jeta dans les toilettes. Ensuite, résolument, elle tira la chasse pour les faire disparaître. En songeant que le portrait de Xiao Du était déjà indignement mêlé aux excréments et aux eaux d'égout, le visage défait de Xiao laissa voir pour la première fois un sourire enfantin.

Lorsque Xiao en fut à son huitième mois de grossesse, elle se rendit à l'hôpital afin de subir son dernier examen prénatal. Le médecin trouvait qu'elle présentait les signes d'une naissance avant terme. L'inquiétude apparut aussitôt sur le visage de Xiao. Le médecin lui dit :

« Ne vous en faites pas, même s'il s'agit d'un prématuré, le bébé sera viable. »

Xiao répondit :

« Ce n'est pas à cela que je pensais. Je m'inquiète car je n'ai pas assez de temps devant moi. J'ai une chose encore plus importante à faire que je n'ai pas terminée. »

Le médecin lui rétorqua :

« Qu'y a-t-il qui puisse être plus important que votre accouchement ? »

Xiao se mit à rire doucement. Elle répondit :

« Eh bien, il y a quelque chose, cependant je ne peux pas vous dire de quoi il s'agit. »

Le lendemain, Xiao se rendit comme d'ordinaire au marché pour travailler. Elle vendit beaucoup de viande et rapidement l'étal de la charcuterie fut vide. Xiao utilisa un torchon pour nettoyer son couteau, puis elle courut à un autre étal de viande et y coupa un morceau de porc entrelardé. Elle dit à ses collègues :

« Xiao Du revient à la maison ce soir, et je veux lui préparer un ragoût de porc pour l'accueillir. »

Ensuite, elle enfourna la part de viande et même le couteau dans son sac. L'un d'eux, curieux, lui demanda :

« Tu vas ramener chez toi un aussi gros coutelas ? »

Xiao répondit :

« Il est bien aiguisé et pratique, j'en tirerai profit à la maison. »

Elle téléphona à Xiao Du d'une cabine publique. Il fut fort surpris car jamais auparavant elle ne lui avait téléphoné. Elle avait au téléphone une voix gracieuse et naturelle. Elle lui dit :

« Viens à la maison ce soir. Je t'invite à dîner, nous pourrons parler tranquillement de notre affaire de divorce. C'est quelque chose qu'on ne doit plus laisser traîner. »

Vers le soir, Xiao Du arriva comme convenu. Il avait apporté une corbeille de mandarines et un sac de prunes, deux choses qu'elle adorait manger par-dessus tout. Xiao se comportait comme à son ordinaire, elle s'activait aux fourneaux, faisant sauter quelque chose à l'huile pendant qu'une soupe mijotait. Elle dit à Xiao Du :

« Fais comme chez toi. Nous n'avons pas encore divorcé et nous sommes donc encore des époux. Entre mari et femme, il n'y a pas lieu d'être gêné le moins du monde. »

Xiao Du se sentait inquiet et mal à l'aise. Il pensait que l'invitation de Xiao correspondait à une quelconque tentative de sa part, aussi attendait-il qu'elle aborde les problèmes de fond. Mais, du début à la fin, Xiao ne parla de rien, se contentant de faire le service avec empressement. Finalement, Xiao Du, n'y tenant plus, lui annonça :

« Xiao, si tu veux que l'on aborde les conditions, tu n'as qu'à parler. J'essayerai de te satisfaire dans la mesure du possible. Parle donc. Combien veux-tu d'argent ? »

Xiao le fixa du regard en prenant son temps, puis lui dit :

« Pourquoi aborder les questions d'argent ? Si je voulais cent mille yuans, est-ce que tu me les donnerais ? Tu ne pourrais pas, et je ne veux pas non plus de ton argent. »

Xiao Du déclara :

« Eh bien, l'enfant recevra le montant de la pension alimentaire. Est-ce que quatre-vingts yuans par mois, ça ira ? »

Xiao fit non de la tête et dit :

« L'enfant que je vais mettre au monde, je l'élèverai moi-même. Ce n'est pas ton affaire, tu n'as pas à subvenir à ses besoins. »

Xiao Du éprouvait des doutes, il regardait le visage tranquille et serein de Xiao et eut brusquement le sentiment qu'il avait affaire à une femme totalement inconnue. Il lui dit :

« Je n'aurais jamais imaginé que tu sois si tolérante à mon égard. Voyons, qu'espères-tu en fin de compte que je fasse pour toi ? »

Cette fois, Xiao eut un rire charmant. Elle dévisagea Xiao Du, un long moment s'écoula et finalement, d'un ton de voix léger et détendu, elle lui dit :

« Ce soir, dors à la maison. L'attachement qui nous lie n'est pas mort. Cette nuit, conduisons-nous pour la dernière fois en mari et femme. Pour l'ultime fois. Finissons-en. Après, nous poursuivrons chacun notre propre chemin, sans plus nous occuper l'un de l'autre. »

Vers dix heures du soir environ, Xiao Du grimpa sur le lit dans l'ignorance complète.

Allongés l'un près de l'autre, ils restaient séparés par le coup de poing de Xiao Du. Il retrouva l'odeur féminine qu'exhalait le corps de Xiao et se mit à songer à ce qu'il avait vécu durant la brève période de leur mariage. Xiao Du ressentait douloureusement toutes sortes de contradictions qu'amène la vie. Il y avait de nombreuses choses qu'il aurait aimé dire à Xiao, mais elle ne s'était jamais intéressée aux propos abstraits ou d'ordre général. Il observa à la dérobée la pose dans laquelle elle dormait. Xiao était allongée sur le côté, le visage tourné dans sa direction. Grâce à la clarté de la lune, il put voir que ses yeux étaient clos, et que ses cheveux qui venaient d'être permanentés étaient rassemblés mollement en cercle, dissimulant à moitié l'expression de son visage. Xiao Du jugea qu'elle était certainement fatiguée, et lui aussi l'était. Il était nécessaire qu'ils dorment tous les deux. Car tout ce qui devait être dit l'avait été, et tout ce qui devait être accompli l'avait été également.

Vers deux heures du matin, lorsque le premier triporteur chargé de lait passa devant les fenêtres en actionnant sa sonnette, Xiao descendit du lit en douceur. Elle alla devant le miroir et, à la faveur de la faible lumière qui s'y réfléchissait, elle remit de l'ordre dans ses cheveux en bataille. Elle vit que dans l'obscurité de l'appartement ses propres yeux luisaient d'un éclat ardent. Elle fit les cent pas dans l'appartement en tournant en rond, puis finalement elle tira des étagères de livres le couteau à découper la viande. Ce fut à ce moment-là également qu'elle ressentit sa plus terrible douleur d'avant l'accouchement. Son corps tout entier s'affaissa sous le coup de cette intense souffrance, et elle lutta de toutes ses forces pour s'approcher du lit. Son unique pensée était d'en finir avec cette tâche essentielle avant son accouchement. Pourtant, ce n'était plus possible à présent, car la douleur rendait Xiao pantelante et sans forces, et sa volonté même se désagrégeait rapidement. Xiao leva ce coutelas qu'elle était tant habituée à utiliser, mais elle savait déjà qu'elle serait incapable de l'enfoncer, et peut-être cette force lui manquait-elle déjà au départ. La désillusion, la terreur et la souffrance conjuguées lui rongeaient le cœur et elle laissa fuser brusquement un sanglot déchirant. Elle vit sa main qui tenait fermement le coutelas s'abaisser avec découragement, puis il y eut un bruit mat, le couteau venait de tomber lourdement sur le sol.

Xiao Du se réveilla en sursaut, et il vit à ce moment-là Xiao qui se traînait vers la porte en pleurant. Il lui demanda :

« Que t'arrive-t-il ? »

Xiao, entendant le son de sa voix, pleura de plus belle et elle dit sur un ton saccadé :

« Amène-moi à l'hôpital. Je viens de perdre les eaux. Je vais accoucher. »

A la maternité de l'hôpital de la ville, Xiao donna naissance à une fille. Elle pleura pendant toute la durée de l'accouchement, et les infirmières qui l'assistaient crurent que c'était par crainte de souffrir. Elles n'avaient aucun moyen de savoir, bien sûr, quelle était la nature de ces larmes. En vérité, le sens de chacune de ces larmes était différent.

Dans une chambre de la maternité, Xiao Du, en tant que membre de la famille, veillait sur Xiao et sur le bébé. Depuis qu'elle était descendue de la table d'accouchement, elle n'avait pas échangé une seule parole avec lui. Le troisième jour, les infirmières poussèrent la voiture de berceaux d'enfants dans la pièce. Xiao reconnut sa fille au premier coup d'œil, et elle dit à Xiao Du en montrant le berceau du doigt :

« La troisième sur la gauche, va la chercher, c'est ta fille. »

Xiao avait suffisamment de lait et ses gestes pour donner la tétée à sa fille étaient harmonieux et sûrs, ce qui surprit Xiao Du. Il était assis sur un côté et regardait Xiao lui donner le sein. La lumière du soleil entrait en se réfractant à travers la fenêtre blanche de la chambre, et sur le visage pâle et défait de Xiao affleurait en demi-teinte une coloration dorée. Elle observait le visage de l'enfant, y laissant couler son regard plein de tendresse, comme si elle était seule. Xiao Du découvrit soudain qu'elle aussi, en fait, avait sa beauté particulière. Il pensa encore que toutes les femmes qui allaitent leur enfant sont certainement belles.

Xiao finit par parler. Tout en tapotant doucement le bébé endormi, elle interrogea placidement Xiao Du :

« As-tu vu ce coutelas qui était par terre ?

— Je l'ai vu. »

Xiao Du eut un sourire malicieux. Il dit :

« En réalité, cette nuit-là, je n'ai pas fermé l'œil, je savais que tu complotais quelque chose.

— Savais-tu ce que je comptais faire ?

— Oui. Je savais aussi que tu n'en serais pas capable, aussi je n'avais pas la moindre peur.

— S'il n'y avait pas eu l'enfant, je ne suis pas certaine que je n'aurais pas réussi à le faire. J'étais prête à tout.

— Si cela avait été le cas, il y aurait eu une lutte au corps à corps. Comment l'aurais-tu emporté sur moi ? En général, les femmes n'arrivent pas à dominer les hommes.

— Je ne le crois pas. On verra. Xiao Du, je ne te laisserai pas partir si aisément. »

Cela se passait au cœur de l'automne 1982. Cette année-là, de nombreuses jeunes femmes entreprirent de divorcer. Xiao n'était que l'une d'entre elles.